O DISTANTE EUFRATES

Aryeh Lev Stollman

O DISTANTE EUFRATES

Tradução
Fausto Wolff

BERTRAND BRASIL

Título original: *The Far Euphrates*

Capa: Rodrigo Rodrigues

Editoração: Art Line

2001
Impresso no Brasil
Printed in Brazil

CIP-Brasil. Catalogação-na-fonte
Sindicato Nacional dos Editores de Livros, RJ

S884d Stollman, Aryeh Len
O distante Eufrates / Aryeh Leh Stollman; tradução Fausto Wolff. – Rio de Janeiro: Bertrand Brasil, 2000.
208p.

Tradução de: The far Euphrates
ISBN 85-286-0793-3

1. Romance norte-americano. I. Wolff, Fausto, 1940-. II. Título.

00-1493 CDD 813
CDU 820(73)-3

BCD UNIÃO DE EDITORAS S.A.
Av. Rio Branco, 99 – 20º andar – Centro
20040-004 – Rio de Janeiro – RJ
Tel.: (0XX21) 263-2082 Fax: (0XX21) 263-6112

Para

Deborah e Samuel Stollman,

e para

Tobias Picker

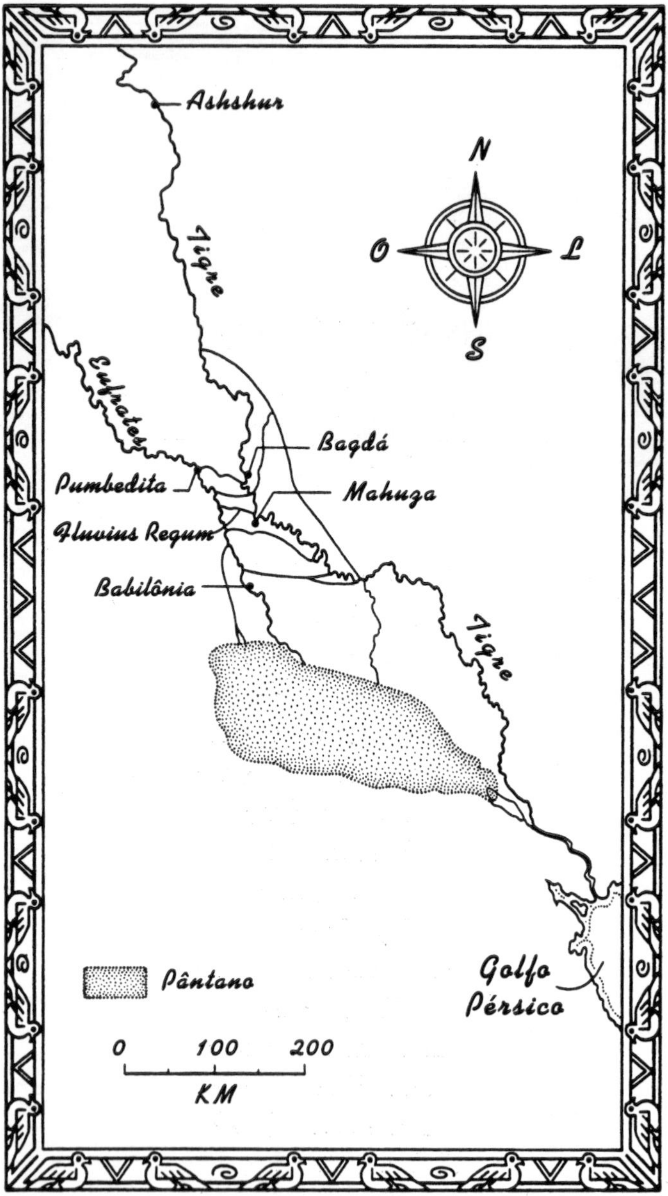

Ashshur
N
O
L
S
Tigre
Eufrates
Bagdá
Pumbedita
Mahuza
Fluvius Regum
Babilônia
Tigre
Pântano
Golfo Pérsico
0 100 200
KM

Sumário

Nota do Autor

Este romance é um trabalho de ficção. Os acontecimentos descritos são imaginários. Os personagens fictícios não pretendem representar qualquer pessoa viva. Quando são indicados por seus nomes verdadeiros, aparecem em circunstâncias completamente fictícias; o leitor não deve concluir que os eventos realmente ocorreram. Os acontecimentos relacionados à terrível sina dos gêmeos e dos ciganos que chegaram de Auschwitz são baseados em fato histórico.

MENASHE LORINCZI:

Ouvimos um grito terrível. Os ciganos sabiam que seriam mortos e gritaram a noite inteira.

Haviam estado em Auschwitz por um longo tempo. Viram quando os judeus chegaram às rampas, viram quando crianças e velhos foram selecionados para a câmara de gás. [Vai daí que] gritaram.

E quando os ciganos gritaram, todos os gêmeos os ouviram.

E embora eu fosse uma criança de nove, dez anos, compreendi.

De *Children of the Flames: Dr. Josef Mengele and the Untold Story of the Twins Auschwitz,*

Lucette Matalon Lagnado e Sheila Cohn Dekel

Através da sabedoria se constrói uma casa. A compreensão a instala e o conhecimento enche seus quartos com todas as riquezas preciosas e agradáveis.

Provérbios 24:3-4

Windsor

Durante a sobremesa, num almoço de fim de semana, ouvi minha mãe mencionar mais uma vez a sua preocupação comigo.

O Cantor fizera *petit-fours* com cobertura de notas musicais. Minha mãe apanhou um da bandeja e ficou olhando para ele. Lembro que deu uma mordidinha na clave de sol e disse meio sem jeito para Hannalore, a irmã do Cantor, alguma coisa sobre eu ser um *rêveur*.

O francês da minha mãe era limitado, mas ela sabia algumas poucas palavras que salpicava na conversa. Embora suspeitasse do significado, eu imediatamente quis saber o que era *un rêveur*.

Hannalore respondeu:

— Nada, *mein Liebchen*. Continue sonhando! Continue sonhando! — Passou-me a travessa com as sobremesas. — E agora, por favor, sirva-se de um pouco de música, *Alexandre*.

Embora nada mais se falasse sobre o assunto na ocasião, acho que pouco depois Hannalore propôs seu plano e minha mãe concordou em me levar para uma pequena peregrinação.

No verão anterior à minha entrada na escola de ensino fundamental, a preocupação de minha mãe era obsessiva. Não sei exatamente quando essa preocupação começou ou quando me dei conta dela. Fisicamente, não lhe dava motivos. A não ser por pequenas infecções nos ouvidos; ao que tudo indicava, eu era um menino saudável e até atraente. Não era efeminado e nem brincava com bonecas. Não era cruel com irmãos menores ou animais de estimação, embora, para dizer a verdade, eu não tivesse irmãos ou irmãs menores, nem animais de estimação com os quais ser cruel. Objetivamente, devo confessar, era um garoto meio solitário. A maior parte do tempo, não demonstrava grande interesse em brincar com outras crianças, mas como acontecimentos posteriores se encarregarão de provar, era capaz de manter sólidas amizades.

Sobretudo, era uma criança bem-comportada e inteligente. Com rapidez e entusiasmo, consegui dominar dois alfabetos quando ainda no jardim de infância, e isso, se bem me lembro, encheu meus pais de orgulho e me rendeu muitos elogios. Minha mãe chegou a fazer para mim uns biscoitos na forma daquelas letras transmutáveis e animadas que chegaram até nós através dos destemidos marinheiros fenícios. Meu pai, por sua vez, me fez ler o Gênesis com ele. Bem devagar e na língua original, onde as vogais se agrupam como abelhas em torno das melosas consoantes. Líamos cada frase juntos, cuidadosamente, primeiro em hebraico, então em inglês e por fim em alemão.

Meu pai estava determinado a me fazer aprender o maior número possível de línguas. Moisés falara todas as setenta conhecidas no seu tempo, e meu pai decidira que eu deveria começar a vida falando pelo menos três. Aliás, ele acreditava na ascendência e domínio da primeira língua, a semítica *Ursprache*, sobre todos os idiomas em qualquer forma imaginável, mesmo depois do pecado e da dispersão de Babel.

Certa vez, inclinando-se sobre a mesa de jantar, explicou, para meu espanto, que as doces letras de Deus também haviam sido instrumentos poderosos na criação da luz e de tudo que existe no universo. Elas o ajudaram a criar a Terra, a suspender o Sol e a Lua no firmamento para os signos, as estações, os dias e os anos. Eu ficava imaginando essas letras primevas, esses símbolos que criaram não somente o universo, mas, para meu espanto ainda maior, a minha própria existência anunciada nos Céus — Aryeh Alexander ben Shelomo! Figuras fosforescentes formando no espaço profundo e negro um nada infinito que não conseguia conceber quando criança mais do que consigo conceber hoje. É verdade, porém, que eu tinha uma noção da coisa, às vezes, quando brincava sozinho e contemplava meu nome luminoso e celestial.

Não quero caracterizar as preocupações de minha mãe para comigo como uma fobia irracional, uma estranha fixação de sua parte. Não podemos olhar tantos anos para trás e nem mesmo diretamente para o presente e nos vermos a partir dessas posições vantajosas, sempre infinitas e impossíveis, que esvoaçam da superfície do nosso ser físico — o qualquer lugar, qualquer coisa, qualquer um que não somos nós. Nossas almas — e creio que as tenhamos de algum modo ou outro — juntas com os mais pessoais e valiosos dos tesouros, nosso conhecimento e memória acumulados, estão trancadas, prisioneiras no interior da câmara que vai se desintegrando e que é o nosso ser corpóreo.

A um certo ponto, a causa, então para mim desconhecida, da preocupação da minha mãe começou a consumi-la. Talvez passasse noites insones, pois notei que parecia cansada, exausta. Às vezes surpreendia seus olhos castanhos me observando em silêncio, ou a ouvia dizer para meu pai ou para amigos:

"Este menino é muito sonhador."

Ou:

"Bem, ele está dentro do seu mundinho."

Essas frases, em retrospecto, eram uma espécie de código para algo que ela não ousava dizer, uma fantasmagórica tragédia para nós ambos. Seguidamente, ouvia a voz grave e gentil de meu pai ou a claridade confortadora das vozes femininas:

— Ora, Sarah, ele é apenas uma criança. Crianças fazem essas coisas.

Vivíamos em Windsor, um pequeno distrito de Ontário, onde meu pai era rabino. A melhor amiga de mamãe era Berenice, a mulher do Cantor. As duas haviam desenvolvido uma sincera amizade baseada em intensa afeição e respeito, mas também em compaixão e sobrevivência mútuas. Embora houvessem nascido no Canadá, consideravam-se *outsiders*, uma vez que cresceram em grandes cidades. No caso de minha mãe (e de meu pai), Toronto, e no caso de Berenice, Montreal. Acreditavam que haviam sido banidas de um mundo melhor. Referiam-se a Windsor, o dedo menor do pé da nossa província, como o "Exílio Babilônico" ou a "Grande Expulsão", ou simplesmente "uma outra cidade vaqueira". Às vezes, esfriavam o senso crítico para falar daquele "lugar plácido e inocente, com suas ruas calmas e seus cidadãos bem-educados". Acabavam sempre rindo e concordando que, afinal de contas, Windsor não fora um negócio tão mau assim; fora, aliás, uma comadre generosa e de bom coração que fizera com que minha mãe e Berenice se conhecessem.

Naquela época, mamãe estava com quase trinta anos, e Berenice trinta e poucos. Em comum, as duas tinham cabelos negros e brilhantes. De vez em quando, voltavam juntas do salão de beleza às sextas-feiras à tarde, véspera do *sabbath*, exibindo o mesmo penteado e dando risadinhas como adolescentes. Meu pai e o Cantor com freqüência as chamavam de "As gêmeas Bobbsey". Mas, obviamente, não eram gêmeas, e as diferenças entre elas, enormes. Minha mãe tinha feições delicadas, peso e altura médios. Como norma, vestia-se modestamente e dava preferência a cores discretas. Berenice era extravagante, animada e pelo menos uma cabeça mais alta que minha mãe. Usava sempre roupas muito coloridas e tinha um fraco por sapatos caros.

— Deixemos que agora a verdade seja conhecida, seja gritada dos telhados! — dizia ela, enquanto caminhava e exibia para nós sua última aquisição: sapatos geralmente contrabandeados de Detroit. — Berenice Seidengarn, nascida Rothman, *ama* sapatos.

Ela exibiria seus pés longos e estreitos para um lado e outro, como as modelos faziam naqueles tempos. Às vezes sublinhava um cetim negro muito *vamp* e outras um salto altíssimo. Suponho, embora isso nunca me tenha ocorrido na época, que elas deviam fazer um par muito cômico. Mulheres tão dissimilares passeando pelas ruas do distrito e pavoneando o mesmo penteado. Entretanto, elas se ocupavam com suas vidas rotineiras em ritmos uníssonos: faziam compras juntas, cuidavam de suas casas, trabalhavam para a irmandade da comunidade. Quando havia boatos, elas os comentavam entre si; alguma coisa que, achavam, não deviam dividir com outras mulheres. Eram sempre educadas e cordiais com todos. Acreditavam em certas formalidades e jamais chamavam as senhoras mais idosas da congregação pelos seus primeiros nomes. Levavam suas posições — prolongamentos das lideranças dos seus maridos — muito seriamente.

Minha mãe ensinava às tardes no jardim de infância da sinagoga, e seu diploma de professora, cuidadosamente emoldurado, estava pendurado no quarto de dormir dos meus pais, ao lado da foto do casamento.

Quando às vezes minha mãe não se sentia bem, Berenice a substituía. Na verdade, era uma espécie de *baby-sitter,* uma vez que seu conhecimento do hebraico era, para dizer pouco, rudimentar. Sabia, entretanto, diversas canções com as quais entretinha as crianças. Uma delas versava sobre um dervixe rodopiante de um trem que levava em suas rodas o comprimento e a largura da Terra Santa. Dançava congas e *boogies* com as crianças na sala de aula, das montanhas gloriosas de Jerusalém até os vales do Líbano. Seu irmão, Berenice costumava dizer às crianças, saíra do Canadá e construíra uma casa perto do mar da Galiléia.

Além dos físicos contrastantes, havia ainda uma outra grande diferença entre Berenice e minha mãe. Depois de dez anos de casamento, Berenice não tinha filhos. Por essa razão, acredito, resolveu me adotar.

"Como vai meu garoto?", dizia sempre. Ou: "O que é que você andou aprontando?"

Qualquer resfriadinho, qualquer doençazinha menor eram motivos para ela me comprar um presente. E eu ansiava por esses resfriados e pelos presentes não merecidos. Minha mãe diria ternamente:

— Berenice, você está estragando esse menino com os seus mimos.

Mas a verdade, acho, é que minha mãe ficava secretamente satisfeita com essa afeição extra, com essa atenção redobrada que eu recebia, pois, na sua obsessiva preocupação, chegou a ficar com medo de mim — de me tocar muito, de me acariciar, embora, é claro, como qualquer outra mãe, fizesse isso vez por outra. Cada vez com menor freqüência, conforme posso me lembrar hoje. Talvez sentisse que Berenice podia me ajudar de alguma forma. E talvez — quando Berenice me abraçava, e ela fazia isso sempre que tinha uma oportunidade: "Alexander, me dá um apertão", e me envolvia em seus braços suaves e pesados, no perfume floral do seu peito — aquilo fosse uma prova de que eu era realmente uma criança normal, uma criança invejada pelos outros, uma criança que outros casais pediriam a Deus que fosse deles. Mas, além de todo o carinho por mim e suas implicações, Berenice providenciou para a minha mãe um alerta ignorado contra a ingratidão, esta forma de avareza e rebelião contra o nosso Criador; contra ter como certas as bênçãos da vida, conforme elas são misteriosamente divididas e outorgadas por plano divino.

Meus pais queriam ter mais filhos, mas depois que nasci não conseguiram. Anos mais tarde, quando era adolescente, me tornando um rapaz, período em que na parte final do nosso século é estranhamente considerado o crepúsculo da infância, chorosa, minha mãe me fez uma revelação nada característica que chegou a mim como se houvesse sido proferida através de uma pesada cortina:

— Berenice nunca teve um filho, mas sempre tem um sorriso no rosto. Nunca se queixou de nada. Mesmo agora, quando Cantor está doente, ela sempre pede que eu conte todas as bênçãos que recebi. E tento fazer isso a maior parte do tempo, embora, talvez, não o suficientemente. Talvez eu nunca tenha agradecido o bastante.

— E eu sou a sua punição.

Fiquei espantado por interrompê-la, até mesmo por falar.

Naquela época eu começara a me isolar, e era muito econômico com as palavras. Precisava de muita energia para falar. As frases me exauriam. Surpreendi-me ao fazer aquela dura acusação contra minha mãe. Mas, com toda a honestidade, avaliando o passado, acredito que tenha dito aquelas palavras sem maldade ou rancor. Eu ficaria muito perturbado se pensasse que agira de outra maneira, ou seja, com crueldade deliberada. Isso porque não havia nem maldade nem mágoa no meu espírito, como poderia parecer à primeira vista e de modo carnal. Tratava-se de um processo de retirada e de realinhamento interno, um rearranjamento doloroso mas necessário na hierarquia existente em cada alma, a estrutura que espelha a forma viva do próprio Deus.

Ainda assim, minha mãe ficou profundamente ferida. Suas lágrimas cessaram abruptamente. Falou claramente e sem hesitação:

— Não, Alexander, não. Não foi isso que eu quis dizer.

Suas visitas ao meu quarto, suas tentativas de me envolver em conversas casuais — esforço difícil e quase artificial para ela — simplesmente cessaram.

Hannalore, a irmã gêmea do Cantor, vivia do outro lado do rio de Windsor, em Grosse Pointe, um rico subúrbio de Detroit que se estende ao longo do lago Saint Clair. Hannalore, por sua vez, era diferente de minha mãe e de Berenice. Minha mãe e Berenice, apesar dos físicos e personalidades diversas, tinham, de acordo com minha percepção infantil, sotaques normais e similares, o que significava: falavam inglês com um acento feminino e canadense. Eram, pelo que sabia — embora isso dificilmente fosse verdade —, mulheres que falavam uma língua da mesma maneira. Já Hannalore, por sua vez, falava inglês com uma modulação e construção estrangeiras. Fumava muito e tinha uma voz rouca. Hannalore falava francês e alemão perfeitamente, e passava de uma língua para outra com fluente espontaneidade. Quando meu pai começava a falar o inglês formal que aprendera com seus pais e que sempre pensou em me ensinar, respiraria fundo e faria uma pausa como se estivesse se preparando para mudar um móvel pesado de um lugar para o outro.

Hannalore também era diferente de minha mãe e de Berenice em outros modos. Como o irmão, era alta, magra e tinha os cabelos claros. Trabalhava como governanta-chefe na casa de Henry Ford II. Usava sempre uma blusa branca muito bem passada e engomada de colarinho alto e mangas compridas. Hannalore mantinha em segredo sua religião. O sr. Ford — insistia ela — não teria tolerado a sua presença na propriedade se soubesse. Dizia isso, embora não tivesse prova dessa afirmação que, conforme soube, podia ser altamente discutível. Para completar seu disfarce, usava em volta do pescoço uma corrente de ouro com uma cruz delicada, até mesmo quando estava de folga e visitava o irmão em Windsor. Parecia se divertir com o pequeno disfarce — o estratagema que utilizava há tantos anos. Parecia lhe dar grande satisfação o fato de caminhar como um gentio pelas luxuosas ruas de Grosse Pointe. Certa vez explicou à minha mãe e a Berenice:

— Quando desço a rua, sou apenas eu, a velha Mademoiselle Hannalore, *comprends*? E sou praticamente — pausa — deliciosamente invisível. Um fantasma feliz e satisfeito.

Meu pai jamais criticou abertamente o seu pequeno crucifixo, embora não conseguisse tirar os olhos dele, aniquilado com o que sabia. Hannalore, debaixo das suas sobrancelhas muito claras, devolveria o olhar para meu pai, tocaria o crucifixo com os dedos e explodiria numa gargalhada. Revelaria então seus dentes largos e sobrepostos como os do Cantor:

— Oh, rabino! *C'est juste un jouet — ein Spielzeug sozusagen!* Não significa absolutamente nada para mim. Não passam de duas varetas de brinquedo que batem uma contra a outra. Clique! Claque!

Hannalore viveu na propriedade de Ford em uma ala da casa principal e trabalhou lá por muitos anos. Para dizer a verdade, chegou a sobreviver ao primeiro casamento do sr. Ford. Costumava ver Hannalore quando ela ia a Windsor por ocasião do Rosh Hashanah e outros feriados religiosos, para almoçar com Cantor e Berenice. Hannalore chegaria dentro de um cintilante conversível azul, o que me fazia pensar que era rica, embora antes da minha pequena peregrinação isso ainda fosse para mim uma espécie de idéia abstrata. Apesar de se tratar de um feriado religioso, ela estacionaria o carro bem em frente à casa do Cantor, ao lado da nossa, exatamente no momento em que retornávamos da cerimônia na sinagoga. Nem meus pais, nem Cantor e Berenice dirigiam aos sábados ou durante os feriados.

Hannalore jamais compareceu a um serviço religioso, nem mesmo para ouvir o irmão cantar, embora todos soubessem da sua bela voz de tenor.

Às vezes, até mesmo estranhos apareciam na nossa sinagoga só para ouvi-lo cantar. Uma mulher não-judia, proprietária de uma sofisticada joalheria em Walkerville, vinha uma vez por ano, no Rosh Hashanah, e trazia a sua filhinha. A distância — pois eles sempre sentavam na última fila da parte reservada às mulheres e saíam antes do fim da cerimônia — essa estranha menina, que se vestia suntuosamente como uma infanta, me dava uma sensação de piedade e horror. Às vezes a surpreendia com os olhos fixos em mim.

Minha mãe, numa ocasião, perguntou a Hannalore:

— Por que você nunca vem ouvir o seu irmão? Ele é tão maravilhoso. As pessoas ficam extasiadas só de ouvi-lo. — Então, ela sussurrou com um sorriso cúmplice: — E você pode passar por cima do sermão do meu marido sobre Deus, seus mandamentos e a presença divina no mundo.

— Oh, eu não sou nem um pouco musical — respondeu Hannalore. — Tenho ouvidos de pedra. — Bateu levemente com os punhos nos ouvidos. — Costumava pensar que éramos muito parecidos, mas Bernhard herdou todo o talento da família. Claro que é muito injusto ser gêmea sem talento algum e com uma voz tão *terrible* como a minha.

Grosse Pointe

Outras famílias ricas como os Ford viviam em Grosse Pointe: os Dodge, presidentes de outra companhia automobilística, gigantes dos seguros, um ex-governador, enfim, aqueles que movimentavam e faziam tremer a indústria de Michigan. Um desses industriais que vivia perto da propriedade dos Ford tinha uma velha tia solteirona, uma mulher "da mais alta sociedade de Michigan – *sehr hoch-wohlgeboren*", diria Hannalore — que, acreditava-se, possuía poderes especiais e, segundo a irmã do Cantor, um pouco de sangue cigano.

— É essa *soupçon* de sangue antigo que lhe dá tais poderes. Eu sei, pois tive ocasião de estudar esse povo de perto. Vivíamos exatamente ao lado deles no campo. Não se preocupam muito com o passado porque, é claro, o que você pode fazer sobre ele? Mas conhecem o futuro. Eles vêem! Eles vêem!

Hannalore garantia que essa mulher era uma profetisa autêntica. E foi assim que alguns dias depois da sua conversa com a minha mãe no almoço das notas musicais, quando se referiu ao fato de eu ser *un rêveur*, que Hannalore foi de carro até Windsor para nos apanhar e levar a Grosse Pointe, até a grande dama.

— *C'est vrai*, Berenice. *C'est vrai*, madame Rabino. Eu lhe digo que essa dama disse tais coisas sobre mim que ninguém mais poderia saber.

Por um breve momento, enquanto dirigia seu carro pela nossa rua abaixo, Hannalore largou a direção, abraçou a si mesma com seus braços finos, e teve um arrepio. Balançou a cabeça como quisesse se livrar de um pensamento indesejado. O carro deslizou suavemente pela avenida. Pôs as mãos na direção outra vez e sussurrou:

— Aquela mulher pode dizer *tudo* a você!

Por algum tempo, Hannalore se manteve silenciosa. Então, olhou pelo espelho retrovisor e disse, animada, para a minha mãe:

— Ela é uma criatura muito estranha — como se diz? — *une naine* —, mas por dentro é toda ternura. Ela fará mais bem à senhora, madame Rabino, e a seu filho, do que uma viagem a Lourdes. Então, madame Rabino, a senhora verá o futuro que se abrirá como uma flor radiosa, e não terá mais de se preocupar.

Berenice, que estava sentada na frente com sua cunhada, riu:

— Gostaria que estivéssemos indo para Lourdes. Há anos

que não vou à França. Talvez pudéssemos fazer compras na volta, para eu relembrar.

— Não acho isso tão engraçado, Berenice — disse minha mãe. — Isso é uma coisa séria. Você sabe como... como eu tenho estado *preocupada*.

— Desculpe, Sarah.

Hannalore se virou e olhou diretamente para mim no banco traseiro.

— Vai ser tão divertido, *Alexandre*. Tenho certeza de que você não vai esquecê-la.

Passamos pela Ponte Ambassador sobre o rio Detroit. Havia dois modos de se chegar a Detroit. Um, submarino, pelo túnel, a rota mais próxima da nossa casa e que meus pais sempre usavam, e a outra, sobre a ponte. Mas Hannalore tinha medo de túneis e de lugares fechados. Não entrava nem em elevador. "*Jamais*", a ouvi enfatizando para minha mãe e Berenice. "*Niemals!*" Baixou a voz:

— Você sabe que nos levaram embora num daqueles trens superlotados. Foi onde o meu pai morreu. *Wie eine arme Fliege* — como uma pobre mosca.

Tanto minha mãe como Berenice concordaram solenemente, e por um momento fixaram o olhar nos respectivos colos.

Naquele radioso dia de outono, minha mãe e Berenice usavam óculos escuros idênticos. Berenice os havia comprado, armações de cristal de rocha. As lentes pareciam borboletas de asas esticadas sobre o nariz. Essa era uma das típicas extravagâncias de Berenice que obrigava mamãe, mais reservada, a acompanhá-la.

— Não posso usar esses óculos — dissera minha mãe. — Eles são muito loucos.

— Oh, eles são apenas matizes de jóias. São bonitos, alegres, e você pode tirá-los quando chegarmos lá.

Minha mãe suspirou e obedeceu.

— Você é uma péssima influência, Berenice. Imagine se alguém da congregação nos visse!

À medida que o carro avançava, minha mãe dava rápidas olhadas para um lado e outro da rua, torcendo para que ninguém a notasse.

Nas lentes dos óculos de minha mãe, vi refletido o verde arco do rio abaixo de nós. Enquanto atravessávamos a Ponte Ambassador, minha mãe começou a ficar irrequieta. Passava constantemente a mão sobre seu belo cabelo negro e depois fazia o mesmo com o meu. Tentei repousar a cabeça em seu colo.

— Agora, sente-se direito, Alexander. Está muito quente e você vai nos deixar, a ambos, amarrotados.

Ela arrumou minha falsa gravata-borboleta e esticou o paletó da minha fatiotinha branca de verão.

— Papai não precisa saber desse nosso passeio — disse-me ela enquanto ainda estávamos sobre as águas ondulantes do rio.

Hannalore riu seu riso rouco e poliglota:

— *C'est notre petit secret!*

Berenice acrescentou:

— Isso mesmo! O rabino não aprovaria essa visita a uma adivinha cigana.

Hannalore virou-se abruptamente e fixou os olhos em Berenice. O carro praticamente chocou-se com a divisão central da ponte. Hannalore meteu os pés no freio e paramos bruscamente. Ela ligou a ignição outra vez. Os carros atrás começaram a buzinar.

Hannalore baixou o tom da sua voz, naturalmente baixa:

— Ela *não* é uma adivinha, Berenice. Você não deve nunca falar mal dos ciganos.

— Sinto muito, Hannalore, sinto muito — disse Berenice. — Eu realmente não tive intenção.

— Está bem. Vamos deixar passar a sua indiscrição.

Hannalore pôs o carro em movimento, e as mulheres permaneceram caladas.

Enquanto passávamos de conversível aberto pela parte mais alta do arco da ponte, fechei meus olhos e me imaginei como uma gaivota deslizando no ar, deixando que a brisa alçasse minhas asas ainda mais para o alto. Inspirei profundamente. Eu amava aquele cheiro forte, úmido, envolto em nevoeiro. Transformei-me outra vez e fiquei invisível. "Sem um corpo físico e ainda assim em todos os lugares", como meu pai explicara, como o *Ruach Elohim*, o espírito de Deus na Criação.

De uma altura fabulosa, sozinho, isolado do mundo terreno, eu espiava para baixo, para uma cesta de papiro azul-celeste com três mulheres pequenas, deslizando pela amplitude do Nilo.

— Alexander, Alexander — chamava por mim a voz da minha mãe enquanto elas flutuavam em direção à terra dos ciganos.

Nunca me defrontara com uma visão celestial como a dos inumeráveis castelos e *châteaus* que vimos ao longo do largo bulevar Lake Shore Drive, coberto de folhas. Antes que chegássemos à mansão da profetisa, Hannalore, cigarro aceso entre os dedos, apontou para o magnífico palácio:

— Olhe, *Alexandre*. É ali que eu moro.

Do outro lado do bulevar, era a praia de águas tranqüilas do lago Saint Clair.

Meus pais, Cantor e Berenice alugavam casas no lago Saint Clair todos os anos, mas esse lago Saint Clair, em Grosse Pointe, era diferente. Nossas modestas cabanas ficavam a anos-luz, no lado oposto, no lado canadense, perto da modesta cidade pesqueira de Belle River.

Finalmente, paramos em frente a um enorme portão de ferro. Um empregado abriu-o para nós e rodamos por uma alameda ladeada por carvalhos. Na porta de entrada fomos saudados por uma empregada uniformizada, uma mulher, cuja aparência era quase idêntica a Hannalore: alta, magra e de cabelos claros. Usava uma blusa branca engomada, de mangas longas, exatamente como as que Hannalore vestia em suas visitas a Windsor. Hannalore e a empregada se cumprimentaram rapidamente em alemão. Outro serviçal, um belo jovem num uniforme justo, apareceu e levou o carro para a garagem. Ele piscou para mim quando deu a partida no automóvel. Entramos num grande saguão. Tapeçarias escuras penduradas entre vitrais que me fizeram lembrar da sinagoga. Logo verifiquei que eram diferentes. Na sinagoga do meu pai os vitrais apresentavam cenas da Bíblia: Adão,

Eva e a esperta serpente em mosaicos de cores diversas; Josué soprando sua trombeta brilhante enquanto ruíam as muralhas de Jericó; anjos voando por cima e por baixo da escada de Jacó, os pés jamais tocando os degraus enquanto viajavam entre o Céu e a Terra ao longo da confluência dos sonhos. Aqui em Grosse Pointe, os vitrais mostravam a natureza em toda a sua variedade: a lua numa noite nevada, o sol sobre um verde prado, uma andorinha pousada numa árvore florida.

Fomos conduzidos por uma ampla escadaria e depois por um longo corredor com uma sacada enorme que dava para a entrada da propriedade. Daquela posição privilegiada eu vi o piso de mármore onde um cavalo alado voava por um céu estrelado.

Finalmente, a empregada nos levou até um corredor escuro e bateu numa pesada porta negra de mogno. Não consegui ouvir uma resposta clara. Apenas um som abafado. A empregada abriu a porta. Na outra extremidade de uma peça ampla e escura, estava uma imensa cama protegida por um dossel de seda vermelha bordado em ouro. O pesado dossel se mantinha sobre e em volta do leito. Lembrou-me a tenda de um grande circo com uma abertura frontal. O excesso de tecido derramava-se pelo assoalho de madeira como ondas na praia. Na cama, propriamente, não notei ninguém. Estava coberta pela mesma colcha pesada e cheia de bordados. A princípio pensei que não havia ninguém ali.

Como eu, a minha mãe e Berenice estavam atônitas com todo aquele esplendor. Ficaram paradas no umbral da porta e não ousaram entrar até que Hannalore e a empregada as chamassem. O quarto parecia maior do que a nossa casa inteira, e meus olhos levaram algum tempo para se ajustar à luz pálida. Comecei a notar outros objetos maravilhosos: uma harpa dourada em forma de gôndola; cadeiras e mesas delicadamente entalhadas; sofás forrados de veludo e uma *chaise-longue* azul-escura. Todas as cortinas das janelas estavam abaixadas, e a luz trêmula do quarto vinha de um imenso candelabro de cristal pendurado em frente à cama.

Na cama, por fim, vislumbrei a mais pequenina das criaturas adultas que já vira. No princípio fiquei aterrorizado, mas logo ela me lembrou uns macaquinhos que apareciam nas últimas páginas das revistas de histórias em quadrinhos, suficientemente pequenos para caber num bolso ou numa xícara de chá, embora, na realidade, a mulher em cima da cama não fosse tão pequena. Só consegui evitar o riso porque apertei os punhos. Tratava-se, como acabei verificando, de uma velha senhora recostada num travesseiro de cetim. Os cabelos estavam envolvidos por um turbante dourado. Ela tossiu. Uma tosse engraçada, oca, frágil, estilo macaquinho numa xícara de chá. Ao lado da cama, numa mesinha, estava um cinzeiro enorme cheio de pontas de cigarro.

— É este o menino?

Minha mãe e Berenice temiam falar ou se mover, mas Hallanore me pegou pela mão e me levou até um lado da cama.

— Sim, *mademoiselle* Dee Dee. Este é Alexander.

A vidente disse:

— Chegue mais perto e suba na cama para que o veja melhor. — Deu umas batidinhas na cama, no espaço entre mim e ela. — Ah, que belo pequeno príncipe! Você está com medo de mim? Não vou mordê-lo.

Pensei em todos os meninos destemidos dos contos de fadas dos irmãos Grimm que meu pai lia para mim. Lia essas histórias no mesmo tom sincero em que lia a Bíblia. Primeiro dizia cada uma das frases no original alemão para depois traduzir para o inglês e finalmente para o hebraico.

Ich fürchte mich nicht, pensei comigo mesmo e depois disse em inglês:

— Não tenho medo.

Subi na cama para provar o que acabara de dizer.

— Muito bem! — Ela esticou um braço branco e tocou minhas mãos enquanto eu me mantinha ajoelhado sobre a cama. Impressionante como a mão dela era tépida.

Sem qualquer outro rodeio, ela se virou para minha mãe:

— Então, qual é o problema? Desembuche. — Ela ergueu a cabeça meio de lado e fixou minha mãe diretamente nos olhos. Ficou esperando, mas minha mãe não disse nada.

— Você, minha jovem senhora, é um feixe de nervos. Quer um drinque?

— Oh, não. Obrigada.

— Um cigarro?

— Oh, não.

— Bem?

Finalmente, minha mãe gaguejou.

— Ele... ele é... ele vive sonhando acordado.

— Oh, meu Deus, oh, meu Deus! Não seja boba! Todas as crianças sonham acordadas. Todos os adultos sonham acordados.

Quando é que nós *não* sonhamos? Não tenho *tempo* para essas bobagens.

Minha mãe olhou de forma cautelosa para mim e depois novamente para a velha senhora.

A mulher esticou um dedo pequeno e nodoso para minha mãe:

— Não enfeite as palavras. Ele também pode ouvir. É sobre ele de que falamos. Aqui não há segredos. — Então, ela falou bem devagar, olhando da minha mãe para Berenice e novamente para a minha mãe. — Todos os segredos contêm as sementes da morte.

Minha mãe olhou para Berenice como se estivesse pedindo apoio, mas a amiga ficou imóvel como uma estátua. Havia esquecido de tirar seus óculos borboleta. Parecia aterrorizada e cômica ao mesmo tempo. Minha mãe disse:

— Eu temo por ele. Tenho medo de que... ele acabe dando errado. Não é sempre que ele age como uma criança normal. Há coisas sobre ele...

A velha profetisa rolou os olhos dentro das órbitas como se a mãe fosse uma criança que não conseguia aprender a lição:

— Você é uma mulher muito boba, simplesmente boba. Agora, deixe a criança com *mademoiselle* Dee Dee. Já! — Fez um gesto ordenando que todo mundo saísse do quarto e segurou a minha mão para que eu ficasse. Para a minha surpresa, apertou tão fortemente a minha mão que ela chegou a doer. A mão dela era como uma garra. Ainda assim, eu não estava com medo dela, mesmo sabendo que logo estaríamos a sós. Ela havia gritado com minha mãe de um modo até mesmo perverso. Gostei daquilo. Para mim, era uma sensação nova; de uma certa forma, fez com que eu me sentisse mais forte, mais velho. Essa sensação retornaria de tempos em tempos na minha vida. Às vezes proporcionaria júbilo, outras grande vergonha. Jamais havia questionado ou censurado a minha mãe antes. Agora, eu a via de um novo ângulo, mais distante, talvez como todos a viam. Agrada-me pensar que, talvez, isso me tenha salvado, pois não caí na armadilha das suas preocupações e temores inexplicados. Esperei sentado na cama em frente à figura de *mademoiselle,* que parecia uma miniatura de gente. Ela deu uma risada roufenha:

— Observe! Eis que chega o sonhador.

Ela me olhou bem devagar, de cima a baixo algumas vezes. Sorriu e balançou as mãos para mim como se eu fosse um estranho animal dentro da jaula de algum zoológico. Isso me fez rir. Ela disse:

— Você é um belo rapazinho. Isso mesmo, um pequeno príncipe. Não tem nada do que se envergonhar. Use o doce tempo sempre que precisar. O tempo é seu servo leal. Não deixe que nenhuma dessas mulheres o enlouqueça. As mulheres, quando não estão felizes, gostam de fazer essas coisas. Também é verdade que os homens não são muito melhores. — Tocou minha testa com uma unha dura. — Você tem bom *baxt*. Esta é a palavra cigana para fortuna e sorte. Lembre-se disso. Tudo vai dar certo com você, exceto seus ouvidos.

Limpou a garganta como se fosse me dizer outro segredo misterioso, mas em vez disso começou a tossir. A tosse se transformou num espasmo sincopado e ela puxou uma corda borlada com sua mão pequenina e trêmula. A serva e outra mulher, uma jovem com uniforme de enfermeira, entraram correndo no quarto, vindas de direções opostas. A enfermeira juntou-se a nós na cama, onde ficou de joelhos. Imediatamente, começou a bater com os punhos nas costas da velha. A empregada me pegou nos braços e me colocou de pé ao lado da cama. Em seguida, me levou embora pela mão. Enquanto descíamos o corredor, eu ainda podia ouvir a tosse da senhora atrás da pesada porta fechada.

No carro, na volta para Windsor, senti um líquido saindo do meu ouvido esquerdo. O líquido que escorria pelo meu rosto era muito fino. Toquei-o e levei o dedo ao nariz. Tinha um cheiro muito desagradável. Era pus. Levantei o dedo para que minha mãe o visse. Meu tímpano perfurara, embora eu não soubesse disso na ocasião. Achei que Berenice falava mais alto do que de costume.

— Deus do céu, aquela mulher me arrepiou toda. Não volto lá nunca mais.

— E nem ela a convidaria — falou Hannalore.

— Melhor nós irmos diretamente ao consultório do dr. Desjarlais — disse a minha mãe.

Nesse momento me dei conta de que minha audição havia melhorado.

O que quer que as três mulheres esperavam conseguir ao me levar para Grosse Pointe, teve um resultado diferente e inesperado.

A princípio, o efeito não foi aparente para ninguém. Minha mãe e Berenice estavam preocupadas com a minha nova infecção de ouvido e a ameaça que poderia representar para a minha audição.

O dr. Desjarlais assegurou à minha mãe que a perfuração tinha sido bem pequena e até benéfica.

— É assim que o corpo tenta se curar; expelindo a infecção. De outro modo, poderia ir diretamente para o cérebro do garoto e tudo estaria perdido. Eu poderia lhe contar cada caso! Apenas para ficarmos certos de que nada dará errado, vou receitar penicilina. Mas não se preocupe, a fenda no ouvido se fechará por si mesma.

Além da nova e perversa sensação de alegria que tive quando a profetisa chamou minha mãe de boba, eu agora acreditava que éramos pobres como os escravos israelitas no Egito. Nossa casa não era mais do que uma pobre meia-água no deserto. Hannalore se tornou uma obsessão. Nunca dera muita importância a ela. Fora, até então, uma pessoa periférica na minha vida. Aparecia raramente. Agora, me dava conta de que era muito mais rica do que eu imaginara. Que sortuda! Fiquei obcecado também com os outros palácios pelos quais passamos de manhã em Grosse Pointe. Que maravilha, ter um quarto de dormir do tamanho de uma casa inteira, todos eles decorados com tesouros maravilhosos; que maravilha ter pisos de mármore com estrelas e cavalos alados e vitrais parecidos com os da sinagoga!

— Por que não podemos ser ricos como Hannalore e seus amigos? — perguntei à minha mãe.

A princípio não tive coragem de chegar a ponto de dizer que

nossa pobreza se devia ao fato de a minha mãe ser boba, embora pensasse assim. Eu vigiava suas ações e gestos à procura de pistas e provas irrefutáveis. Notei a confusão de facas, garfos e colheres nas gavetas da cozinha. Vi a desordem de canetas, papéis e lápis na escrivaninha onde ficava o telefone. Na ocasião, não me ocorreu culpar meu pai, o verdadeiro provedor, pela nossa pobreza. Simplesmente, julguei que a culpa fosse da minha mãe.

— Nossa casa é tão pequena. Cabe no quarto de Hannalore.

Eu sabia que o quarto de dormir que tinha visto fora o de *mademoiselle* Dee Dee, mas concluíra que Hannalore deveria ter um parecido no palácio em que morava.

— Aquele quarto não era de Hannalore. Hannalore é apenas uma criada como a nossa Cathy.

Berenice interveio, tentando defender o *status* da sua cunhada. Dirigiu-se mais à minha mãe do que a mim. Havia na sua voz uma leve irritação que jamais notara antes.

— Hannalore *não* é nem serva, nem criada, nem empregada. Ela é uma profissional muito bem treinada e bem paga. Tem a liberdade de ir e voltar quando quiser. Mas ela não é rica. Ela não é dona de nenhuma daquelas casas. Você está entendendo o que estou tentando dizer, Alexander? O quarto dela é bastante modesto.

— Mas ela tem um carro conversível, mora num belo palácio e além disso tem uma linda cruz de ouro.

Minha mãe começou a se agitar.

— O que você quer dizer com "linda cruz"? Você também

quer botar uma corrente com uma cruz de ouro no pescoço? Não é nada normal o filho de um rabino querer usar uma cruz!

Berenice tentou acalmá-la:

— Oh, Sarah, Sarah, ele é apenas uma criança! Ele não disse nada disso. Você está botando palavras na boca do garoto.

— Bem, acho que simplesmente não conheço o meu próprio filho!

Na tarde seguinte, minha mãe e Berenice tentaram me mostrar as diferentes vizinhanças de Windsor e me dar uma lição sobre pobreza e riqueza. Passamos de carro pelas áreas mais pobres da cidade, onde as casas eram menores do que a nossa e muito malpreservadas.

— Vê como é um menino de sorte? Dorme no seu próprio quarto e tem um banheiro só para si — disse Berenice. — Ter o seu próprio banheiro é um absoluto luxo para uma criança. Nunca tive um só para mim antes de me tornar adulta. Tinha de dividir o banheiro com os meus pais e irmãos.

Então, passamos pelos bairros mais elegantes, como Walkerville, cujas casas e ruas, embora imponentes, não podiam se comparar com as de Grosse Pointe.

— Nem o maior palácio do mundo faria você mais feliz. Somente o amor faz as pessoas felizes, e todo mundo ama — afirmou Berenice.

Eu estava sentado no banco traseiro do carro, braços cruzados, e fingia que não ouvia nada. Por mais que tentassem, não me convenceriam de que não éramos pobres. Pois a mulher que parecia um macaquinho numa xícara de chá não dissera que minha mãe era boba? Não dissera que as mulheres nos deixam loucos quando elas mesmas não estão felizes? Como podia confiar nelas?

Essa obsessão ou desilusão continuou por muitos dias, e o resultado foi que meu pai acabou descobrindo a nossa visita à casa da profetisa. Eu mesmo fui até a biblioteca e lhe disse:

— E mulheres são bobas — acrescentei no fim.

Ele suspirou:

— Só podemos colher coisas bobas e más quando fazemos perguntas a uma feiticeira. Por isso a Torah proíbe.

Por um momento, fiquei com medo. Talvez *mademoiselle* Dee Dee aparecesse para me levar embora como as bruxas dos contos de fada, deslizando como as bruxas deslizam.

— *Mademoiselle* Dee Dee é mesmo uma bruxa?

Meu pai acabou rindo:

— É assim que as velhas bruxas se chamam hoje em dia? *Mademoiselle* Dee Dee? — Ele sorriu para me acalmar e então balançou as mãos no ar como se estivesse morrendo de medo. — Bem, talvez ela não seja. *Nicht eine wirkliche Hexe.* Não uma de verdade, pelo menos. Mas, de qualquer forma, visitá-la foi um erro. Desde a destruição do templo que as profecias diminuíram.

Imediatamente após essa discussão, saímos da biblioteca. Gentilmente, meu pai pediu-me que fosse para o meu quarto. Depois de me seguir para se certificar de que o havia obedecido, ele desceu a escada para falar com a minha mãe. Eu o ouvi lá embaixo fechando a rangente porta da cozinha.

Mais tarde, quando vi minha mãe na sala de estar, ela me pareceu triste e cansada. Não pude resistir. Vou me arrepender do que disse até o dia da minha morte, pois não podemos apagar o que foi dito, uma vez que cada palavra enunciada é uma criação eterna. Como Deus, nós criamos e destruímos o nosso próprio mundo com palavras.

— Nós somos bobos e pobres — disse à minha mãe. — Bobos e pobres! Bobos e pobres!

Ela começou a chorar.

Finalmente, não tiveram outra opção além de me levar para ver exatamente onde Hannalore vivia. Ela me apanhou em casa de carro. Naquele domingo, o tempo frio do tardio outono já havia começado. Dessa vez, minha mãe e Berenice ficaram em casa.

— Não se preocupem que vou tomar conta do nosso *petit prince* — afirmou Hannalore.

Essa visita foi cuidadosamente preparada de modo que não perturbasse os Ford e não deixasse o tiro sair pela culatra outra vez. O sr. Ford havia se casado pela segunda vez recentemente e viajara para a Europa com sua nova mulher e as filhas do primeiro casamento. Uma vez no interior da propriedade dos Ford, estacionamos em frente a uma pequena área ao lado da mansão, reservada aos serviçais. Primeiro, Hannalore fez um *tour* comigo pela casa. Mostrou-me orgulhosamente os quartos enormes, as grandes alas e galerias, apontando para estátuas imponentes aqui, quadros de artistas famosos ali. Parecia ter esquecido o propósito da nossa visita. Hannalore conhecia e tinha até intimidade com muitas das obras-primas que me mostrava. Fez alguns comentários sobre as várias cores e pigmentos usados em algumas das telas mais antigas.

— Naquela época eram os próprios pintores que faziam suas tintas. Às vezes as tiravam de pedras comuns, outras de pedras quase preciosas, e sempre com óleo de linhaça. Houve uma época em que quis ser pintora, mas não tinha habilidade. — Falava sobre a riqueza dos seus empregadores como se pertencesse a ela. — Bem, é preciso ser muito rico para possuir tais tesouros. Temos algumas coisas aqui que valem mais do que a nossa própria casa.

Finalmente, quase com relutância, Hannalore me levou para a ala dos criados, para o apartamento no ático onde ela vivia. O apartamento era modesto mas bem-cuidado. Tanto a sala de estar como seu quarto de dormir eram totalmente cobertos por carpete de cor verde. Da janela, avistava-se o jardim ao fundo, com árvores frutíferas apertadas contra as paredes. As árvores pareciam se sentir desconfortáveis, de tal modo estavam espremidas. Eu lamentava por elas, pressionadas para sempre contra as paredes. Hannalore deve ter lido os meus pensamentos:

— Pobres árvores. Parece que elas também estão pagando pelos nossos pecados.

O quarto de Hanallore tinham um ar de mofo e pouca mobília.

— Não gosto das coisas apertadas umas contra as outras — disse.

Os móveis pareciam confortáveis, mas não eram tão bonitos quanto os que tínhamos em casa. Certamente, não tinham nada a ver com a elegância e grandeza da decoração do resto da mansão.

— Agora você viu, *Alexandre* — Hannalore suspirou. — Eu não sou rica. Sou apenas uma estranha que mora na casa de um homem rico. Na verdade, sou mais pobre do que você. Sou uma simples solteirona que trabalha. É uma pena, não? Mas, *alors*, a maioria do mundo não é rica. É uma vergonha, mas vou morrer sozinha e muito longe de casa.

Quando estávamos para ir embora, Hannalore quis mostrar mais algumas coisas, passar pelo grande saguão e sair pela entrada principal da mansão, para depois caminharmos até os fundos onde o carro estava estacionado.

Estávamos atravessando o grande saguão quando, de repente, nos encontramos frente a frente com a mulher mais bonita que eu já vira na minha vida. Um mordomo estava de pé atrás dela e a ajudava a remover um casaco de peles cinza-claro. Outro criado trazia para dentro as pesadas malas de couro.

Essa mulher parecia bonita demais para ser de verdade. Era jovem, magra, e seus abundantes cabelos louros caíam sobre seus ombros. Ela balançou a cabeça depois que lhe tiraram o casaco de peles e passou as mãos pelos seus maravilhosos cabelos. Era completamente diferente de Hannalore, que parecia ossuda, velha e excêntrica ao seu lado.

Essa belíssima aparição era outra espécie de mulher, uma espécie que eu jamais havia encontrado. Sua pele era bela e clara. Seus olhos eram de um verde profundo. Usava calças perfeitamente passadas, um suéter de gola rulê de um azul brilhante, uma cor que os velhos mestres deviam produzir com o pó de lápis-lazúli. Essa cor, essa ultramarina, parecia viva, algo vivo que respirava e se movia com as curvas gentis do seu corpo.

Embora a mulher fosse um pouco mais baixa do que Hannalore, sua presença inesperada produziu uma reação nervosa em sua empregada. Hannalore ficou pálida e deu a impressão de que iria desmaiar, mas rapidamente se recompôs.

— Oh, madame. Como foi a sua viagem? Está tudo bem, madame? Voltou tão cedo.

Sem dizer uma palavra, a mulher olhou para mim de modo inquisitivo e depois virou-se para Hannalore, que imediatamente esclareceu:

— Este é o meu sobrinho, Alexander. Diga alô para a sra. Ford, Alexander.

A sra. Ford sorriu e me estendeu a mão enfeitada de jóias. Recendia levemente a rosas.

— Alô, eu sou Cristina — disse em voz alta e clara. Também tinha um sotaque, mas era diferente do de Hannalore e do Cantor. Voltou-se, esquecendo-se de mim completamente, e disse para Hannalore, muito depressa: — Hannah... quero dizer, é claro, Hanna*lore*. — Tocou gentilmente no braço da irmã gêmea do Cantor, como que para se desculpar. — Por favor, não tenho nada a ver com isso, me desculpe, mas será que você poderia tirar essa coisa, pelo menos, por enquanto? Ou pelo menos escondê-la dentro da blusa? — Tocou o pequeno crucifixo de Hannalore. — Isso, como direi, mexe com os meus nervos. Você não soube? Nós fomos excomungados por causa do nosso casamento.

Ela então virou-se para mim novamente, inclinou-se um pouco e sorriu. Falou bem devagar, então:

— Mas que menino doce e pequeno você é. — Ela pronunciou pequeno (*leetle*) de um modo tão engraçado que comecei a rir alto. — *Che bello!*

Ela passou a mão pela minha cabeça, acenou para mim e nos deu as costas com um volteio. Como um pássaro exótico e mágico, parecia voar enquanto subia a escada de mármore para desaparecer no alto.

Hannalore se manteve taciturna durante toda a viagem de volta a Windsor e não me dirigiu a palavra. Embora houvesse esfriado muito durante a tarde, ela manteve a capota do conversível arriada, como se sentisse muito calor ou não tivesse ar suficiente para respirar. Fumou um cigarro atrás do outro enquanto dirigia, e jogava as pontas por cima do pára-brisa. Uma das guimbas voltou para o carro e bateu no meu rosto. Hannalore resmungou algumas coisas para si mesma em francês e alemão, mas não consegui entender nada. Não parava de passar as mãos pelos cabelos, nem de tocar o cinto e o crucifixo. Quando lembro desse episódio (embora muitos anos tenham se passado e eu não soubesse o significado dos seus gestos na época), tenho certeza de que ela fez o sinal-da-cruz duas ou três vezes, com o cigarro na mão e tudo.

Pela primeira vez, depois de ter visto aquela mulher tão bonita, passei a ver Hannalore com olhos críticos. Apesar do *make-up* que usava sempre, apesar de seus lábios pintados com batom cor-de-rosa, suas feições eram ásperas, sua pele dobrava sob o pescoço, e seu rosto tinha rugas bem finas. O modo como usava seu cabelo alvo, ondulado nas pontas e que esvoaçava enquanto dirigia, me pareceu completamente ridículo. Ela é feia, pensei. Feia. Feia. Feia. Ela não é como eu. Ela não tem *baxt*.

Quando chegamos em casa, fomos saudados por mamãe e Berenice. Hannalore me empurrou levemente para dentro e suspirou.

— Foi uma sorte o nosso *petit prince* ser tão bonitinho. Do contrário, a nova madame talvez tivesse ficado irritada comigo. *Die Italienerin* pode não gostar de estranhos na sua casa. Para mim poderia ter sido o fim.

Levantou a mão e passou a unha pintada do dedo indicador pelo pescoço.

Fluvius Regum

Durante toda a minha infância, e além dela, até o dia em que morreu, meu pai trabalhou no seu *magnum opus* ou no que ele às vezes se referia, meio de brincadeira, como "meu zigurate de areia".

Embora tivesse a intenção de que sua grande obra fosse uma vasta trilogia focalizando e abrangendo, em turnos, os três temas obscuros que o tinham consumido durante a vida, conseguiu produzir apenas uma meia dúzia de ensaios para publicações que, apesar de esotéricas, eram altamente respeitadas. Revistas como *The Royal Journal for Near Asiatic Studies* e *Archiv für Semetische Sprachen*.

Fez apenas avanços limitados no seu primeiro volume, cujo título, que vivia mudando, tornava-se mais e mais pesado com o decorrer dos anos, enquanto o texto em si, eternamente elusivo, parecia diminuir ou encolher: *As Academias dos Antigos Rios do Leste* ou *O Eterno Fluxo do Tempo: o Tigre e o Eufrates*; ou *Babilônia: A Forma e o Paradigma da Dispersão e do Exílio.*

Meu pai herdou, em parte, essa grande paixão por tal área do mundo do avô. No fim do século, meu bisavô, um lingüista amador e mercador de livros antigos, deixou sua casa e família em Frankfurt para viajar na condição de tutor de um príncipe persa exilado. A jornada levou três anos e, pelo que sua filha, minha avó, me contou durante o nosso breve contato, a expedição deixou um gosto amargo na alma da sua família, temporariamente abandonada. Juntos, meu bisavô e o príncipe, visitaram o que havia sido uma vez a antiga Mesopotâmia. Meu pai, às vezes, me contava histórias que ouvira de seu avô, quando criança. Histórias, em boa parte, emprestadas de *As mil e uma noites* e cheias de tapetes voadores, garotos corajosos e gênios em garrafas.

Por ocasião do retorno do meu bisavô à Alemanha, ele publicou um breve relato sobre a expedição e suas aventuras com o príncipe. Meu pai mantinha esse livro fininho em lugar de destaque numa das estantes de sua biblioteca, protegido por uma caixa de vidro retangular que meu bisavô mandara fazer especialmente: um pequeno sarcófago transparente com portinha, dobradiças e uma cadeado de prata em miniatura. Junto a ele, num estojo de veludo para jóias, repousava a chavezinha de prata. O título desajeitado na capa de couro do livro estava impresso em gótico antigo: *Auf den Spuren Abrahams entlang des Euphrat.*

Os deveres de meu pai para com a congregação, as visitas aos enfermos, entrevistas com os paroquianos, a perene procissão de casamentos, nascimentos e funerais ("o vertiginoso ciclo da vida", como dizia ele) tomavam quase todo o seu tempo. Quando acabava o trabalho ou tinha algum tempo livre, ia para a biblioteca bastante espaçosa, no segundo andar da casa. Num canto, havia uma pequena janela saliente com um parapeito estreito de onde se podia ver o nosso quintal. Por causa do trabalho em treliça, meu pai chamava essa janela de "A Gaiola". Quando criança, em Toronto, ouvira dizer que o povo de Frankfurt tinha pórticos, *Geräms*, entreliçados que se projetavam para a rua. Essas estruturas também eram chamadas de "gaiolas". Nos dias bonitos, os vizinhos se sentavam, liam ou trocavam novidades uns com os outros. Desse modo, a vida particular da casa burguesa se estendia ao ar livre.

Muitas vezes, enquanto meu pai trabalhava, eu ficava brincando na gaiola. Dali, eu podia ver um enorme olmo plantado num dos cantos do nosso quintal. Meu pai batizara essa árvore de A Grande Deusa Asherah. Sua copa imensa protegeu a nossa casa e o gramado dos fundos antes da praga holandesa atacar Windsor, quando todos os olmos mortos ou moribundos, a orgulhosa divindade entre eles, tiveram de ser abatidos. Quando estava carregada de folhas, meu pai costumava dizer: "A Grande Deusa Asherah se mostra em toda a sua glória." Numa noite de chuva e vento, ele iria até a gaiola e proclamaria: "A Grande Deusa Asherah, solitária, canta uma canção." Uma vez explicou durante um sermão: "Não devemos imaginar que os antigos que veneravam coisas inanimadas como árvores, oceanos ou o sol, eram bobos. O mais provável é que fossem mais sábios do que nós. Viviam seduzidos e fascinados com o mundo natural com o qual viviam em íntima harmonia. É bem provável que sejamos mais tolos do que eles, com os nossos ídolos modernos: Ganância, Desejo, Arrogância. Precisamos lutar o tempo todo para expulsar esses deuses destrutivos que habitam nossos corações."

Sobre sua mesa na biblioteca, ele punha vários volumes, pequenos e grandes, em hebraico, aramaico, alemão e inglês. Costumava marcar nos livros, com tiras de papel colorido, as passagens que considerara interessantes e para as quais pretendia retornar. Era engraçado ver aqueles livros, todos com várias tiras coloridas saindo de suas páginas.

Em sua biblioteca, meu pai tinha os fac-símiles completos das Tábuas Ugaríticas descobertas pelos franceses em Ras Shamra, bem como as renomadas transcrições de C. H. Gordon em seu *Ugaritic Handbook*. Alguns dos livros ele herdara do meu bisavô. Sua biblioteca ostentava ainda enciclopédias e muitos trabalhos da literatura mundial e da ciência moderna. Os últimos, incluíam muitos textos sobre física e matemática. Meu pai fizera mestrado em física antes de decidir ser um rabino, decisão que muito decepcionou seus pais, ambos acadêmicos e ateus. Esse era um dos fatores que contribuíra para a longa e dolorosa brecha entre as duas gerações, uma brecha da qual eu, criança, mal tinha consciência e cujo componente maior ainda não entendera.

Meu pai chamava as ciências puras de "Religiões do Norte, fascinantes mas frias". Dizia sempre que preferia o "calor do Torah e" — apesar de nunca tê-las visitado — "as terras ensolaradas do seu nascimento".

Quando sentava-se para trabalhar, folheava seus blocos de anotações, alguns já muito velhos, e acrescentava novos parágrafos e pés de página aqui e ali. Muitas vezes, relia a extensa correspondência que mantinha com famosos estudiosos de todo o mundo.

Numa parede do seu estúdio havia um enorme mapa da Babilônia dos tempos do Talmude. Os cursos do Eufrates e do Tigre estavam delineados em linhas pontilhadas. Elas divergiam, convergiam e divergiam novamente. O Tigre até o Grande Golfo estava delineado em vermelho ceroso, e o Eufrates, em azul-cobalto. Até hoje associo essas cores — que aparecem, como sempre, nos lugares mais inesperados, como uma bandeja de frutas artificiais ou distribuídas numa reprodução de um mural florentino — com aquelas margens vigorosas e longínquas. Eu ansiava ver aqueles grandes rios flutuando direta e suavemente em vez de vê-los velhos e enrugados como os via na infância. Às vezes, eu enviesava os olhos e o resultado é que os dois rios se transformavam em quatro e o azul se misturava com o vermelho. Jamais consegui torná-los paralelos ou transformá-los num só rio.

Meu pai explicou que o Eufrates nascia em *Gan Ayden*, o Jardim do Éden, e enumerava os outros três rios da Bíblia que também teriam se originado no mesmo lugar: Pishon, que abrange toda a terra de Havila onde há ouro, bdélio e a pedra Shoham;

Gihon, que abrange todo o vale de Kush; e o terceiro rio, o Hiddequel, que corre em direção ao leste da cidade de Ashshur e que muitos dizem ser o Tigre.

No grande mapa também havia canais a ser considerados. Os canais conectavam os dois rios e, entre eles, irrigavam férteis trigais. Esses canais incluíam o Fluvius Regum, o Rio Real, onde as cidades de Nehardea e Mahuza se situam em lados opostos; o Nahar Shinvattah, sobre cujas margens está Pumbedita; e o Nahar Sura, onde está encolhida a cidade do mesmo nome, esperando por sua hora de fama acadêmica. No mapa de meu pai, esses centros acadêmicos, Sura Pumbedita, Nehardea e Mahuza, juntamente com outros menos renomados, eram marcados por alfinetes com bandeirinhas coloridas nas cabeças. Um dia meu pai receberia uma carta de um acadêmico de Jerusalém, Londres ou Cidade do Cabo e, como se necessitasse de testemunhas para o momentoso evento, me chamaria para a biblioteca. Lá ele estaria ajustando o seu mapa e, de acordo com a informação recebida de seu colega, moveria uma bandeirinha colorida minimamente aqui e ali, ao longo do Eufrates ou de um lado para outro do Fluvius Regum. Às vezes, até mesmo um rio precisava ser reajustado, uma vez que seu curso teria mudado durante o milênio. Os mapas modernos nem sempre refletem as sendas antigas. Nos tempos dos patriarcas, meu pai me disse, o Tigre e o Eufrates tinham fozes diversas no Golfo.

A maior beneficiária da correspondência do meu pai era a minha coleção de selos. Um dia ele estava para me mostrar como cortar os cantos dos envelopes para depois umedecê-los com água e remover seus tesouros filatélicos. Mas o interrompi e pedi que mantivesse os envelopes inteiros. Meu pai ficou feliz com a minha idéia e achou espantoso que um menino pudesse ter tal visão. Outro sinal de intelecto incomum numa criança que aprendera rapidamente três alfabetos e já falava razoavelmente três línguas.

— Desse modo — afirmou ele — você não apenas terá uma bela coleção de selos, mas também uma bela coleção da caligrafia de *scholars* famosos. — Fez uma pausa. — Alexander, você sabe quem é mais poderoso, um rei ou um erudito? — Sem esperar pela minha resposta, ele disse: — Erudito, porque tem o poder de mudar o pensamento das pessoas.

De vez em quando, penso que ele nunca dividiu as preocupações de minha mãe a meu respeito, por causa daquela história dos envelopes. Por outro lado, não lembro dele desafiando a minha mãe ou me defendendo na presença dela, exceto para reassegurá-la, como faziam os outros:

— Bem, Sarah, ele é apenas uma criança.

Suspeito que quando estavam a sós, ele falava com ela sobre mim com maior vigor, mas ainda assim do seu jeito calmo e meigo, em respeito às preocupações e sentimentos da minha mãe. Mas o resultado mais importante do fato de eu tê-lo impressionado, o benefício mais significativo para mim, acho que foi o modo sereno mas irredutível com que ele me protegeu contra os tratamentos sinistros que ela propôs a que eu me submetesse anos depois.

A verdade nua e crua é que o meu pedido para que ele preservasse os envelopes não tinha nada a ver com admiração por acadêmicos. Eram os envelopes que me fascinavam. Eles me fascinavam mais do que os selos com as caras de reis, rainhas e primeiros-ministros. O que me encantava nos envelopes era a promessa de lugares exóticos onde vivia gente real. Adorava os formatos e as texturas, o modo como os correspondentes escreviam seus nomes e o do meu pai. O nome do meu pai não continha parte do meu? E o meu não continha parte do nome dele? Eu adorava o leve odor embolorado do material com que eram feitos os diversos envelopes. Muitos desses embaixadores de lugares distantes eram leves e translúcidos, às vezes de um branco cremoso, mas a maior parte de azul-pálido, ao contrário do insistente azul-cobalto na parede da biblioteca de meu pai. Podia levantá-los contra a luz de uma janela aberta e ver o aleatório esqueleto fibroso do papel, ou ver meus dedos do outro lado, transluminados por um brilhante sol universal.

Sempre que meu pai reposicionava as cidades no seu mapa, ele dizia:

— Alexander, gosto das minhas coordenadas de modo absolutamente correto. É próprio da natureza humana procurar por padrões onde quer que eles se apresentem.

Ele acrescentava, sempre dizendo essas grandes palavras vagarosamente, como se isso me fizesse entendê-las:

— Essa busca por padrões não é nada mais do que a ânsia natural do homem de conhecer Deus. Isso sublinha toda a luta pela conquista da sabedoria.

No caso do meu pai, acho que era isso mesmo que acontecia. O interesse dele pela forma desses rios e canais antigos, pelas cidades havia muito desaparecidas e pelas academias às suas margens, estava de certa forma ligado à outra das suas eternas fascinações: o tema do segundo volume de sua *magnum opus*, o estudo teosófico da forma da cabeça de Deus. Estou me referindo à elaborada estrutura do Ser Divino em si mesmo, conforme foi deduzida por místicos antigos que queriam entender a relação de um Deus incorpóreo com a sua criação física. Segundo essas teorias, é através das dez emanações de poder divino, o chamado Santo Sefirot, que Deus se adianta ao seu infinito, incognoscível ser, e se manifesta, ele mesmo, na Criação.

Numa pequena moldura de vidro e madeira, em outra parede da biblioteca do meu pai, havia um raro incunábulo bege com pigmentos de verde, rubi e púrpura, uma página de um texto antigo no qual estava representado um diagrama simbólico da Árvore Sefirótica. As grandes potências de Deus em forma de esfera, as emanações do seu divino poder, aparecem penduradas simétrica e pesadamente dos galhos da árvore, como frutas mutantes superdimensionadas: uma harmonia que aparentemente evita de cair o universo que representam o peso da Compreensão sustenta seu próprio oposto, a Sabedoria; a dureza da Lei oposta ao Amor Gentil; Esplendor contra Eternidade. O próprio tronco era composto de Reino, Fundamento e Glória. No topo da árvore estava a coroa de ouro em forma de palma. Às vezes, eu espiava da estreita sacada da gaiola para contemplar as cores das frutas enormes. Isso me fazia sonhar acordado por muito tempo. Eu me via iluminado na forma de uma pomba ou de um pardal sobre um dos galhos da árvore, derrubando-o com a imperceptível vibração das minhas asas e o peso das minhas penas. Em seguida, voava, uma criatura sem densidade ou massa, da sólida parede da biblioteca até a Deusa Asherah. Dos galhos dela, eu olhava para a criança sentada sozinha dentro da gaiola de vidro da janela projetada para fora. Ficava, então, meditando sobre aquele ser misterioso que era duas coisas ao mesmo tempo: um pequeno pássaro mágico se movendo pelo ar, e um menino solitário e sonhador.

Numa dessas ocasiões, minha mãe apareceu e ficou parada no umbral da porta da biblioteca. Eu fingi não vê-la. Ela perguntou, preocupada, ao meu pai:

— Por que você não pede que ele brinque um pouco do lado de fora? Ele só fica na gaiola com olhos parados.

— Não há nada de errado com ele, Sarah. Crianças fazem esse tipo de coisas.

Mas para acalmar minha mãe, ele disse:

— Alexander, sua mãe está certa. O dia está lindo. Por que você não sai e apanha um pouco de ar?

E eu fui para fora brincar sozinho sob a sombra da Grande Deusa Asherah.

Hoje em dia, tantos anos mais tarde, quando olho para a figura da Árvore Sefirótica, me encho de tristeza. Acho que na medida em que meu pai foi ficando mais velho, suas especulações acabaram por confundi-lo e isolá-lo mais e mais no seu trabalho e no seu mundo. E o seu trabalho e o seu mundo criaram um terrível abismo, uma distância fatal entre ele e minha mãe.

Saint Thomas

Um dia, ao voltar da escola, encontrei meu pai cobrindo todos os espelhos da casa com lençóis. Foi a primeira vez que soube que minha mãe tinha um irmão — que eu tinha um tio.

Meu pai falou num tom estranho, incomum, como se houvesse praticado um novo idioma e estivesse tomando cuidado para não cometer erro algum.

— Seu tio Avner, irmão da sua mãe, morreu. Você nunca o conheceu. Esteve doente por um longo tempo. — Fez uma pausa como se pesasse as palavras. Até hoje acredito que ele estava sendo coagido pela minha mãe de alguma forma, e não ousava falar abertamente, embora lutasse consigo mesmo contra isso.

— Avner estava internado no hospital em Saint Thomas e por isso você não o conheceu. Acabamos de ser informados de sua morte, e sua mãe viajou imediatamente a Toronto para o funeral. Se ela não estiver cansada, voltará de trem ainda hoje, bastante tarde.

A princípio, quando meu pai disse que ele "esteve doente por um longo tempo", imaginei que isso significava que meu tio desconhecido tinha algum mal físico, assim como minha infecção no ouvido, que, segundo o dr. Desjarlais, podia ir diretamente para o cérebro. Mas quando meu pai fez uma pausa e mencionou Saint Thomas, senti um frio na espinha dorsal. Saint Thomas era um lugar para gente maluca; um lugar do qual, achava eu, ninguém conseguia sair. O povo de Windsor, ao ver um homem falando sozinho nas ruas, costumava dizer que ele devia estar no Saint Thomas.

Uma vez, durante muitas semanas, alguém andou matando cachorros em Windsor. As pessoas acordavam de manhã para encontrar o amado animal de estimação estrangulado, pendurado numa árvore ou numa cerca do quintal. Os olhos estavam sempre fora das órbitas, presos a elas por nervos brancos ensangüentados. A genitália, cortada, era sempre deixada no chão, perto do corpo.

A mulher mais famosa de Windsor, a apresentadora do programa de TV *Sunday Afternoon Movie*, Eva Moore, transmitiu um comovente apelo aos cidadãos. Tendo no colo o seu *dachshund* Bijou, essa mulher, sempre elegante e serena em outras ocasiões, disse com os olhos cheios de lágrimas:

— Enquanto este malvado Satã não for encontrado, eu e Bijou, o príncipe dos cachorrinhos de estimação, não dormiremos.

O responsável, um adolescente da vizinha cidade de Belle River, foi finalmente preso. A manchete sensacionalista do *Star* dizia: "Jovem Louco Apanhado em Flagrante. Internado no Saint Thomas por Crimes Contra a Natureza." Até hoje, quando lembro disso, meu corpo treme. Na época, queria perguntar a papai se o tio Avner matava cães; se cortava o sexo dos cachorros e o deixava perto do corpo. Em vez disso, perguntei:

— O vovô e a vovó vão ao enterro?

Eu raramente via os pais de minha mãe, e jamais vira os de meu pai. Meus avós paternos voltaram para Frankfurt no ano em que nasci.

Meu pai pareceu surpreso com a minha pergunta.

— Claro, Alexander. Avner era filho deles. Os pais sempre amam seus filhos, não importa o que eles façam ou sejam. Faz parte da natureza humana. Um dia, espero, você vai entender isso também.

Eu tinha apenas oito anos e aquele verbo "espero", do modo como meu pai o pronunciou — pois foi a única vez que senti dúvida na sua voz —, me encheu de terror. Ele continuou:

— Bem, vou fazer o jantar. — Fez uma pausa. — Aliás, estou exagerando. Cantor cozinhou algo excepcional para nós, o seu *Confit Alexandre*, com alho e todo o tipo de tempero. Tudo que preciso fazer é aquecê-lo no forno por quinze minutos. E ainda teremos batatas grelhadas e salada. Berenice trouxe tudo. — Meu pai fez um gesto dramático. — Ela é como os navios mercantes, traz seus alimentos de longe.

Mas eu não tinha apetite, mesmo para o jantar de *gourmet* preparado pelo Cantor e trazido por Berenice. De qualquer forma, me forcei a comer tudo. A superfície da coxa do pato parecia cheirar a podre e as batatas tinham gosto de borracha. Comi devagar. Meu pai falou o tempo todo. Algo sobre o cerco de Maẖuza e sobre uma carta que recebera de seu colega, dr. Aschenbach, de Brooklyn, Nova York, que era um especialista na matéria.

— É impressionante como ele pode obter informações que pensávamos perdidas há mais de mil anos.

Não prestei muita atenção a nada do que meu pai falou e nem ao menos para a informação obtida pelo dr. Aschenbach soterrada há mais de mil anos. Não conseguia parar de pensar no garoto que torturara todos aqueles animais, arrancando-lhes os olhos e enfiando a faca na carne macia de suas genitálias.

Subitamente, desculpei-me e corri escada acima até o meu banheiro. Tranquei a porta para que meu pai não pudesse me ouvir vomitando o jantar inteiro na privada. Escovei meus dentes e esfreguei tanto a escova nas gengivas que cuspi sangue na pia.

Quando minha mãe chegou tarde da noite, eu estava supostamente dormindo no meu quarto. Saí da cama e me agachei atrás da balaustrada do corrimão da escada. Minha mãe entrou rapidamente na casa com meu pai. Ele tinha ido apanhá-la na estação. Ela o fez retirar todos os lençóis da frente dos espelhos.

— Retire-os já, por favor. Não quero a Shiva.

— Mas seu irmão morreu.

Meu pai parecia perplexo. Minha mãe prosseguiu:

— Não quero a cerimônia Shiva — repetiu ela, dessa vez

num tom irritado. — Luto para quê? Eu simplesmente não posso! Deus que me perdoe! O Avner que eu conheci e amei morreu há muito tempo. Nem seus pais agüentaram saber que eu tinha tal irmão. Isso fez com que fugissem do Canadá.

— Nunca fez diferença alguma para mim, Sarah. Nunca dei atenção a eles. Casei com você, não casei?

— Nas circunstâncias, foi muito generoso de sua parte.

— É muito triste, Sarah, muito triste. Pobre do Avner, tão doce.

— E você sabe que eu não passava de uma menininha quando o levaram embora.

— Eu sei, Sarah, eu sei.

— Como podia impedi-los? O que podia fazer?

— Ninguém a está culpando de nada, meu bem, ninguém! Você era apenas uma criança. Foi a vontade de Deus. Por que você sempre tem de se culpar?

Embora não pudesse vê-lo, estava certo de que meu pai balançava a cabeça com tristeza.

Pouco depois, minha mãe subiu até o meu quarto e sentou suavemente ao pé da cama. Fingi que acordava de um sono profundo.

— Volte a dormir, meu filho, volte a dormir — disse ela enquanto se levantava para sair. Inclinou-se e me deu um beijo na testa. — Só subi para ver se estava tudo bem.

Strasbourg / Straβburg

O Cantor e sua irmã Hannalore cresceram na cidade que faz divisa com Strasbourg, na França, daí falarem tão bem francês, alemão e o dialeto alsaciano.

— Nós morávamos no centro da cidade — explicou Hannalore uma vez —, uma ilha entre dois braços do mesmo rio, o Ill. Uma ilha que tinha a forma de um beijo. — Ela projetava os lábios finos e pintados de vermelho para a frente, fazendo-os parecer ovais e mais cheios. — Um beijo assim.

Todos ríamos.

— *C'est vrai!* — disse ela. — Eu sou mentirosa, Bernhard? *Bin ich eine Lügnerin?* Diga para eles.

O irmão concordou:

— *C'est vrai*, Hannalore, *c'est vrai*.

— Eu também nasci numa ilha — acrescentou Berenice.

Berenice crescera na ilha de Montreal, mas viera de uma comunidade de língua inglesa, Outremont, de modo que entendia e falava apenas um francês ocasional e tatibitate. Às vezes, quando dizia alguma coisa em seu mau Quebecois, Cantor e Hannalore brincavam com ela:

— Seu sotaque, madame Berenice... — diriam eles devagar para dar maior colorido à piada. — A senhora é da Costa do Marfim? Ou talvez da Bélgica? Oh, a senhora é da Romênia! Não? Claro, é de Paris!

E Cantor e Hannalore explodiam numa gargalhada juntamente com a bem-humorada Berenice. Meus pais se limitavam a sorrir de modo cortês. Não gostavam de embaraçar ninguém, embora Berenice jamais parecesse embaraçada e meus pais não pudessem diferenciar um sotaque do outro.

Às vezes mamãe segurava gentilmente a mão de Berenice e a defendia:

— Gostaria de falar francês tão bem quanto Berenice. Devo saber não mais de dez palavras. E, além disso, ela lê tão bem. Quando vamos fazer compras, ela sabe ler todos os rótulos...

Isso causava mais gargalhadas.

— Madame Rabino — diriam Cantor e Hannalore em uníssono —, *tu es adorable*.

Minha mãe sempre ficava vermelha como um pimentão.

Finalmente, Cantor e Hannalore sorriam e passavam a falar o

dialeto alsaciano, uma demonstração de afeto depois de tanta brincadeira. Aparentemente, só falavam o dialeto natal em momentos de grande intimidade. Diriam:

— Berenice, Berenice, *redd wie d'r de schnawel gewachse isch!* Fale do jeito que seu bico quer.

Jovem adolescente, Cantor deixou a Rue des Frères na ilha em forma de beijo onde ele e Hannalore cresceram, e foi para Paris estudar canto e música num conservatório.

— Se não fosse pela terrível guerra — dizia sempre Berenice —, ele poderia ter feito carreira na Ópera, tão boa é a sua voz. Às vezes você pode amar uma parte de uma pessoa que não é nem física, somente uma projeção de nós mesmos que anda a esmo pelo mundo, como a voz ou a personalidade. E de repente você conhece e ama a totalidade da pessoa física. A fonte original. — Sempre acrescentava, voltando ao assunto: — Mas ele está muito feliz como Cantor. Não tem queixa de nada.

Cantor era alto e magro, exatamente como sua irmã gêmea Hannalore, mas seu rosto era roliço, suave e macio. Era quatro ou cinco anos mais velho do que Berenice. Também era compositor e escrevia suas próprias músicas para os serviços religiosos. Eu gostava especialmente de "Felizes são aqueles" e "Venha saudar a noiva do Sabbath". E mais tarde, quando já era tarde demais, muito depois de eu a ter ouvido pela primeira vez, eu viria a amar mais do que qualquer outra coisa, amar profundamente, a sua irrecuperável melodia, a composição que um artista faz uma vez na vida inteira, chamada "Louvem-no sol e lua, louvem-no todas vocês, estrelas da luz".

Berenice sempre nos deixava informados, à minha mãe e a mim, sobre os projetos de Cantor. Ao contrário do meu pai que se trancava no estúdio do segundo andar, Cantor caminhava pela casa inteira, cantarolava *sotto voce*, até encontrar a exata melodia que buscava. Então, sentava à espineta da sala de estar e escrevia sua composição sobre papel de música azul-pálido. As notas e os acordes corriam suavemente pela página como pegadas de pardal.

Ocasionalmente, quando eu ia até a casa deles, Cantor começava a tocar "Le Lion amoureux", de Poulenc, por causa de Lev, meu nome hebraico. Berenice viria correndo da cozinha, do quintal, da sala, onde quer que estivesse.

— Venha, vamos dançar, Aryeh.

Essas eram as únicas vezes em que se referia a mim em meu nome hebraico. Então valsávamos um pouco pela sala, Berenice rodopiando à minha frente enquanto Cantor tocava.

Mais de uma vez me ocorreu que, quando o Senhor criou os leões verdadeiros, deve ter pronunciado o meu nome. Quem sabe, suas palavras, ditas na verdadeira língua de Ur, *Ursprache*, a matriz de todas as línguas, eram mais parecidas com a bem-vinda e abençoada música tocada por Cantor do que as palavras faladas.

De alguma forma, a música em si, pelo menos para mim, parecia não combinar com a história que Berenice me contara sobre o leão apaixonado que deixou que cortassem suas unhas e removessem seus dentes para poder casar com a sua bem-amada. Depois que se submeteu a essa degradação foi cruelmente rejeitado.

— Algumas dessas fábulas são tão cruéis — comentou Berenice. — E aqueles contos alemães medonhos que seu querido pai lê para você são ainda piores. Bruxas tentando cozinhar crianças num caldeirão. Uf! Realmente, eu não o entendo. Um homem tão bonito e sensível.

Além de compor, Cantor tinha um outro interesse, a estufa que ele desenhara e construíra no seu quintal. A estrutura de vidro era quase da altura da casa, quase dois andares, mas não tinha mais de quatro ou cinco metros de comprimento. Durante os meses frios e secos, o interior da estufa se mantinha úmido e quente. Com a ponta dos dedos, eu podia desenhar figuras nos vidros embaçados. Cantor chamava a estufa de *Palmenhaus*, casa das palmas, pois cultivava muitas delas. Quando ainda era criança, ele tinha pelo menos uma dúzia de pequenas palmeiras plantadas em vasos de vários tamanhos. Nenhuma dessas árvores era maior do que qualquer adulto que eu conhecesse.

No começo de junho, quando o clima quente se firmava, ele tirava as palmeiras das estufas e as colocava em círculo no pátio. Mais tarde, no verão, quando íamos para nossos chalés, ele levava as palmeiras num caminhão que alugava só para isso. No lago, elas ficavam num pequeno terraço que dava para a praia.

— O ar fresco fará bem a elas.

Cantor tinha esperanças de que suas amadas árvores crescessem a alturas inacreditáveis.

— Um dia, elas não caberão mais na *Palmenhaus*.

— E o que você fará, então? — eu lhe perguntava.

— Vou mandá-las para estudo na Sorbonne — dizia enquanto olhava para mim com seus olhos de cor cinza — Ou, talvez, algum dia eu construa uma estufa maior para elas.

Certo dia ouvi Berenice confidenciar para a minha mãe que, de vez em quando, Cantor dava mais atenção às suas palmeiras do que a ela.

— Refere-se a elas como suas filhas e tem nome para cada uma — disse ela.

Mais tarde perguntei a Cantor quais os nomes das palmeiras.

Ele olhou para mim, surpreso:

— Que nomes?

— As palmeiras que têm nomes de crianças.

Seu rosto ficou vermelho, e seus olhos, tristes.

— Sua tia Berenice andou tagarelando de novo, não é?

Acho que compreendeu que seu olhar triste me deixou embaraçado. Sorriu, e com extremo esforço passou suavemente a mão pelos meus cabelos.

— É claro que Berenice está certa, Alexander. Mas também está fazendo confusão. As palmeiras têm nomes, mas nomes latinos, nomes científicos, não nomes de gente. — E ele começou a listar as palmeiras na ponta dos dedos. — *Metroxylon, Nifpa fruticans, Arenga pinnata*... — Subitamente, ele fez uma pausa e depois disse — Não, *mein Löwe* (meu leão), vou contar um segredo, mas só para você. É verdade, elas têm nomes, mas de personagens imaginários e reais: Tosca, Caravaggio, Richard Tauber, Lotte Lehmann. Tauber e Lehmann são meus cantores favoritos. Vamos para dentro que vou tocar alguma coisa para você.

Essa foi uma das poucas vezes na minha vida que eu lembro de ter ficado a sós com Cantor, sem Berenice ou meus pais em volta. De alguma forma, isso fez com que eu me sentisse muito adulto. Estava orgulhoso. Cantor me dava toda a sua atenção. Isso significava que, de algum modo, ele confiava em mim. Na sala de estar, Cantor tirou um disco de 78 rotações da capa e o pôs na vitrola.

— Preste bem atenção a isso, Aryeh Alexander. Este disco está velho e todo arranhado. Apaixonei-me por esta música quando a ouvi pela primeira vez, logo depois da guerra. E da primeira vez que vi Berenice, me apaixonei da mesma maneira, porque ela me lembrou a música.

A música principiou e o tenor alemão Richard Tauber cantava em inglês com sotaque carregado, a língua do exílio.

Sylvia's hair is like the night,
touched with glancing starry beams,
such a face as drifts through dreams —
this is Sylvia to the sight.

Tive uma sensação estranha ao ouvir a canção. Embora amasse Berenice, não podia pensar nela desse modo romântico, do modo como Cantor a via, com feixes de estrelas em seus cabelos ou um rosto que flutuava através dos sonhos.

Quando a música acabou, vi que Cantor estava sentado em sua cadeira, olhando para fora da janela, os olhos úmidos. Estava muito quieto e parecia ter-se esquecido da minha presença.

Fingi que ficara invisível, e bem devagarinho saí da sala e da casa deles.

Estrada de Tecumseh

Quando ainda estava na escola de ensino fundamental, um garotinho e uma garotinha da vizinhança foram mortos. Os pais pertenciam à nossa congregação, e minha mãe ensinara os filhos às tardes no jardim de infância da sinagoga. O menino, que tinha cinco, e a menina, seis anos, brincavam no fundo do pátio da casa deles, que ficava numa esquina a poucas quadras de onde morávamos. Um carro perdeu o controle, bateu contra a cerca verde, entrou no pátio e passou sobre os dois. A menina foi arrastada uns dez metros e decapitada. O menino morreu uma hora depois da irmã no Hôtel-Dieu, de hemorragia interna. Aconteceu num sábado de manhã, e o jornal local lançou uma edição especial vespertina com o seguinte título: DUAS CRIANÇAS MORTAS NA ESTRADA DE TECUMSEH.

Quando a minha mãe pegou o jornal e viu a foto das crianças em dias mais felizes, imediatamente começou a chorar. Alguns minutos depois da entrega do jornal, Berenice veio correndo para a nossa casa e as duas amigas caíram uma nos braços da outra.

Algumas horas depois, naquela mesma tarde, os pais, desesperados, vieram até a nossa casa para falar com meu pai. Assim que entraram, os reconheci, porque os via ocasionalmente na sinagoga. Mas aqui, em nossa sala de estar, estavam diferentes. Pareciam fantasmas ou mortos-vivos. Escondi-me atrás da cristaleira enquanto meu pai, delicadamente, fazia-lhes perguntas a respeito do duplo funeral.

— Qual o nome hebraico da sua filha? Qual o nome do menino? Quando cada um nasceu?

Cada pergunta e resposta eram interrompidos pelos gritos terríveis da mãe que se misturavam ao pranto da minha própria mãe que, do meu esconderijo pude ver, mantinha a mão sobre o estômago como se estivesse sentindo dores terríveis. De alguma forma, minha mãe percebeu que eu estava na sala e foi até onde eu me escondera. Ela sabia que eu havia desenvolvido o hábito de ouvir a conversa dos adultos. A princípio, não disse uma palavra. Não podia falar. Sua face, olhos, boca estavam desfigurados pelo pesar. Finalmente, ela murmurou, suas palavras saindo entrecortadas:

— Alexander, como... você... pôde? Como... você... pode rir?

— Eu não estava rindo.

Eu não pretendia mentir para minha mãe, mas fui incapaz de explicar a ela que não pudera me conter, que rira porque estava com medo, embora não soubesse de quê. Conscientemente, não me ocorrera ficar com medo de que eu próprio pudesse ser atropelado e decapitado enquanto estivesse brincando no pátio dos fundos da minha casa.

Minha mãe, quase sem forças, limitou-se a apontar para o meu quarto no andar de cima. Obedeci e fui, mas mesmo de lá podia ouvir os gritos altíssimos da mãe das crianças mortas que se confundiam com os gritos da minha própria mãe.

Procurando não chamar a atenção de ninguém, desci as escadas, saí para a rua e caminhei em direção à Estrada de Tecumseh. Sabia para onde estava indo, mas fingia não saber. Imaginei que minhas ações eram guiadas por controle remoto manipulado por extraterrestres ou, na medida em que me afastava de casa, que havia sido enfeitiçado por alguma bruxa. Não era responsável pelos meus atos. Eles não eram o que aparentavam ser. Não sei nem dizer qual a forma que tomei naquela ocasião. Talvez eu tenha me transformado num filhote de alce ou num pequenino sapo, ou adquirira as penas de um cisne. Permiti que forças mágicas guiassem meus passos. Caminhei instintivamente e, de repente, parei. Parei e fiquei observando a casa à distância de uma quadra porque outros *voyeurs* se espremiam na calçada em volta da esquina. De onde estava, podia ver a cerca posta abaixo e as raízes lamacentas do gramado onde o carro deslizara antes da parada fatal próxima ao pórtico dos fundos da casa.

Uma mulher veio correndo até onde eu estava e me deu um tapa no rosto:

— Você devia se envergonhar! Devia se envergonhar! O que está fazendo? O que você está fazendo aqui? Qual é o seu nome? Quem são os seus pais?

Não respondi. Não podia. As forças mágicas haviam me transformado numa estátua solene e soturna. Esperei por um longo tempo até a mulher ir embora.

De repente, senti um hálito azedo contra o meu pescoço. Era a menina *goy*, não-judia, que costumava ir à sinagoga com a mãe para ouvir Cantor. Fazia dois ou três anos que não a via. Aliás, nunca a vira tão de perto antes. Ela e a mãe costumavam sentar nas últimas filas do setor feminino e saíam da sinagoga antes do encerramento da cerimônia.

As pernas e braços da menina pareciam frágeis varetas e ela tinha uma corcunda. Usava um vestido de veludo púrpura como se estivesse indo para uma festa. No pescoço trazia um colar de ouro brilhante cravejado de pedras verdes e vermelhas, o que me pareceu muito pesado para uma garota tão magra. Andou à minha volta como um pássaro desajeitado mas exótico. Me olhava primeiro com um olho e depois com o outro. Seu centro de gravidade parecia mudar a cada passo. Uma vez estava em uma das suas perninhas finas, outra no meio do seu peito esquelético, depois no seu queixo projetado para a frente. Fiquei surpreso com o fato de ela conseguir se equilibrar.

Tinha uma voz muito peculiar, aguda e nasalada.

— Acabei de chegar. Chamei um táxi assim que vi o jornal. Nós temos conta na companhia de táxis Xadrez. Por pouco deixei de ler o jornal, pois me preparava para fazer uma visita à minha querida amiga, a srta. Eva Moore. Há muito tempo que planejamos este encontro, mas a manchete falando do acidente me fez vir até aqui. Você já está aqui há muito tempo?

A menina parou de falar por um instante para recuperar o fôlego.

— Eu também acho tudo muito hilariante — continuou ela. — Minha mãe disse que essas crianças tinham de morrer por causa dos pecados dos seus pais. Certamente, não pecados deles. Mamãe, é claro, disse que isso é injusto. Eram muito pequenos para ter seus próprios pecados morais. Me pergunto, o que os pais deles terão feito. Só podem ter sido coisas horríveis. Devem ter bisbilhotado, metido o nariz onde não deviam. Por outro lado, também não dá para se levar minha mãe muito a sério. Eu, pelo menos, não levo. Francamente, acho que essas crianças morreram porque não olharam para os dois lados.

Começou a rir das suas próprias palavras. Fixou os olhos no meu rosto. Seus cabelos eram curtos e crespos, castanhos e quebradiços. Davam a impressão de que cairiam de sua cabeça de um momento para outro. Tinha batom nos lábios e rímel nos olhos, embora não parecesse ter mais de dez ou onze anos. Eu continuava parado, solene e soturno como uma estátua.

— O que foi que houve? O gato comeu a sua língua? Você está todo duro. Quem é você? A mulher de Lot? Ela se transformou numa estátua de sal porque olhou para onde não devia. Você andou olhando alguma coisa que disseram para não olhar? Alguma coisa suja? Você nunca se toca naquele lugar? Você tem medo de mim? Acho que você tem medo de mim porque sou deformada. Eu faço você lembrar da morte.

Parei de ser uma estátua soturna e olhei para ela.

— Não tenho medo de você.

— Você está envergonhado. Seu rosto ficou todo vermelho.

— Não estou envergonhado de nada.

— Claro que está. Meu nome é Marla Cook e eu preciso ir

andando. Já vi o que vim ver. Missão cumprida. Grande coisa! "Morte, não seja orgulhosa!" Blablablá! Não tenho muita energia para recitar poesia e menos ainda para falar de poesia.

Ela se afastou. Um táxi a esperava na esquina. De repente, ela se deteve e voltou na minha direção.

— Tenho um buraco no coração e posso morrer a qualquer momento, exatamente como essas crianças idiotas. Preciso ir ao Texas para mais uma operação. São muito burros para fazer uma cirurgia bem-feita aqui em Toronto. Já me operei três vezes. Até loguinho, sra. Lot.

Então ela me deu o seu endereço. Morava no chiquíssimo bairro de Walkerville.

No dia seguinte, depois que meus pais voltaram do enterro das crianças, mamãe disse que não estava se sentindo bem.

— Acho que preciso ir ao hospital.

Meu pai a levou ao Hôtel-Dieu.

— A mamãe precisa recuperar suas forças — esclareceu o meu pai ao voltar para casa naquela noite. — Ela é muito sensível, e essas coisas a atingem fisicamente.

Devo ter ficado amedrontado, pois meu pai pôs a mão no meu ombro e disse:

— Não se preocupe, Alexander, mamãe vai ficar boa. Ela sempre fica.

Alguns dias mais tarde, ela voltou para casa.

Britannia

Quando eu tinha dez anos minha mãe me disse que estava grávida.

— Já estou no quarto mês, Alexander.

Fiquei contente com a notícia embora nunca tenha sentido falta de irmãos e irmãs. Ocasionalmente, é verdade, sentia uma certa solidão, mas, como já mencionei, não era por necessitar a companhia de outras crianças. Imediatamente, comecei a imaginar o nome cintilante anunciado no céu que trazia à terra essa nova alma.

A princípio, pelo menos para mim, mamãe não pareceu particularmente diferente. Apenas sua barriga estava um pouco inchada e, além do anúncio breve e alegre da gravidez, pouco soube da nova situação. Os detalhes, as alegrias e tristezas de meus pais na tentativa de ter mais um filho só soube através de Berenice. Minha mãe, com exceção da primeira gravidez quando me teve, engravidara várias vezes, mas sempre perdera o bebê nas primeiras semanas. Berenice me explicou:

— Você sabe, Alexander, sua mãe vem tentando engravidar há bastante tempo, mas a abertura do seu útero é muito frouxa, como uma porta de vaivém. Você deve ter sido um bebê muito esperto, pois manteve a porta fechada o tempo todo. Às vezes imagino você, ali, alerta, usando toda a sua força para se manter no ventre da sua mãe até a hora certa de saltar para fora. Essa é uma das razões pelas quais acho que você é bonito, forte e esperto. Um verdadeiro sobrevivente que descobriu o truque *antes* de nascer!

Anos mais tarde, quando meu corpo começou a sofrer modificações internas, sonhei que estava trancado num espaço escuro, escorando uma porta fechada com todas as minhas forças enquanto monstros e cães danados esperavam por mim do lado de fora. O oxigênio começava a acabar e eu acordava suado, lutando para respirar. Mas naquela época, quando eu tinha dez anos e Berenice fez a sua revelação, compreendi calmamente que no decorrer dos anos, as vezes em que minha mãe não se sentira bem ou as raras ocasiões em que se internava por alguns dias no hospital para um *check-up*, haviam sido, de fato, as ocasiões em que abortara. Pensei nos meus irmãos e irmãs que sofreram mortes terríveis arrastados de um lugar escuro para outro, como o menino e a menina impelidos para a escuridão quando brincavam no pátio da casa deles na Estrada de Tecumseh.

O anúncio da gravidez ocorreu quase no fim da primavera. Não lembro de ter visto minha mãe tão feliz antes. Embora fosse uma mulher jovem, me pareceu que ficara mais jovem ainda. Sua aparência se tornou mais suave e a pele mais macia. Comecei a amá-la intensamente nessa época e procurava ficar perto dela a maior parte do tempo para dividir sua alegria. Ela, por sua vez, custava a acreditar que depois de dez anos merecia outro filho. Ficou toda entusiasmada quando me contou a novidade. Entendi isso quando ela disse:

— Sabe, Alexander, já estou no quarto mês!

A felicidade dela, entretanto, tinha a mancha do medo de perder a criança. Submeteu-se sem lamentações às ordens estritas do médico: devia ficar confinada ao leito até o fim da gravidez.

— Não vou ser capaz de ser tão boa mamãe nos próximos meses, Alexander. Espero que você não se incomode muito. Você sabe que o amo. Berenice prometeu que vai me ajudar. Não sei como agradecer a ela. Não poderei ir ao lago este verão, de modo que você irá com Berenice e o Cantor. Preciso estar perto do hospital para qualquer emergência. Seu pai pode aproveitar as férias para ficar em casa, escrever seu livro e tomar conta de mim.

É claro que ficar longe dos meus pais durante todo o verão me desapontou muito, especialmente longe da minha mãe, que passei a amar tanto depois do seu rejuvenescimento. Me arrependia de qualquer tristeza ou preocupação que pudesse lhe haver causado. Compreendi que tinha um coração teimoso, de modo particular quando a atormentara alguns anos antes com a minha mágoa: "Nós somos bobos e pobres! Bobos e pobres!" Como a fizera chorar! Isso fazia com que me sentisse tão mal que comecei a dizer a mim mesmo que, na verdade, havia dito: "Nós somos espertos e ricos! Nós somos espertos e ricos!". Ao ouvir isso, minha mãe rira feliz da vida, me abraçara bem apertado como Berenice costumava fazer, e respondera: "Sim, meu coraçãozinho! Sim, nós somos. Nós somos espertos e ricos! Espertos e ricos!"

Mas, de repente, a idéia de trocar uma frase por outra e assim mudar o que realmente acontecera, me pareceu de todo irracional. Mas, apesar disso, às vezes eu me surpreendia deitado em minha cama, dizendo: "Nós somos espertos e ricos! Nós somos espertos e ricos", até dormir exausto.

Minha mãe sentiu a minha tristeza diante da perspectiva de ficar separado dela. Tentou me confortar.

— É claro que Berenice e Cantor vão trazê-lo aqui de duas em duas semanas, se a saudade for muita. Você sabe que o lago só está a meia hora de Belle River. Você nem precisa ir para o lago se não quiser, mas vai ser bom para a sua saúde, e Berenice já falou que planejou passeios maravilhosos. Ela ficaria desapontada. Você é muito importante para ela. Ela o ama tanto! Quase tanto quanto eu!

Foi então que mamãe me contou uma história que eu já ouvira antes, mas esquecera. Num verão, quando era um bebê que apenas começava a andar, me meti dentro do lago com água até o peito.

— Nunca imaginamos que você podia caminhar tanto, pois

não fazia muito tempo que dera os primeiros passos. Berenice viu uma pequena onda vir em sua direção e que num instante poderia se afogar. Ela correu para dentro d'água e apanhou você do mesmo jeito que a filha do faraó deve ter apanhado Moisés. Eu e seu pai, durante muito tempo depois daquilo, a chamamos de Filha do Faraó. Tem um som tão bonito! Mas, a partir de então, aprendi que deveria manter constantemente um olho em você.

E então, minha mãe disse uma coisa que me vem assombrando a vida inteira, embora eu não saiba claramente por quê.

— Talvez, por eu ter deixado Berenice dividir você comigo, Deus vá me abençoar com outro filho.

O começo do confinamento da minha mãe coincidiu com um evento histórico ocorrido na parte sul de Ontário. A visita da rainha ao Canadá a bordo do iate real *Britannia*. Toda a província sulina ficou muito agitada, mas especialmente Windsor, onde o iate atracaria por uma noite. Durante semanas, antes da sua chegada, o jornal local imprimiu uma série de artigos e mapas descrevendo a rota do *Britannia*. Li também sobre o interior da embarcação: as suítes reais, a sala de estar da família, que, embora grande no tamanho, era aconchegante e confortável como qualquer sala de estar de plebeu; e o magnífico salão de jantar com mesas para sessenta convidados.

Examinei de perto a rota da esplêndida embarcação. Marquei o curso no meu *Atlas do Canadá* com uma régua e uma caneta esferográfica azul: através do caminho marítimo de Saint

Lawrence; travessia do lago Ontário; subida através das sete comportas do canal Welland, que iam das ilhas Santa Catarina ao Porto Colborne, alçando o iate ao lago Erie, cento e setenta e quatro metros acima do nível do mar. Do lago Erie, o iate passaria pela Passagem Peleas, pelo canal Amherstburg até o rio Detroit. O *Britannia* atracaria em Windsor nos Jardins Dieppe. Dezenas de milhares, talvez até centenas de milhares de pessoas, estariam esperando para saudar a rainha.

Berenice e Cantor adiaram a ida ao chalé do lago, perto de River Belle, até depois da passagem da rainha para que pudéssemos ver o *Britannia*. Berenice e eu combinamos como pretendíamos chegar aos Jardins Dieppe antes do iate.

— Eu não gosto de multidões barulhentas — declarou Cantor, informando-nos que ficaria muito feliz em ver as fotos nos jornais ou aquelas que batêssemos.

— Não se preocupe. Minha Brownie vai ficar engatilhada o tempo todo — afirmou Berenice.

Então nos deram as novas mais espantosas. Meu pai recebera um convite, juntamente com vários outros sacerdotes e líderes comunitários, para se encontrar com a rainha e o príncipe no Parque Jackson, numa recepção em homenagem aos dignitários locais. As mulheres dos sacerdotes também haviam sido convidadas para essa recepção, que seria realizada perto do Jardim das Rosas. Minha mãe não podia deixar seu confinamento.

— Estou muito desapontada por não poder ir — disse ela. Mas notei que sua preocupação com o futuro bebê a absorvia tanto que a recepção, na verdade, não era importante para ela.

— Talvez eu possa ir como sua esposa, rabino — disse Berenice ao meu pai.

Cantor começou a cantar em falsete, imitando os gestos de Berenice.

— Talvez eu possa ir à recepção! Talvez eu possa ir! Por favor, me leva! Por favor, me leva!

E todos começaram a rir.

— Darei lembranças suas à rainha — meu pai prometeu a mamãe ao sair de casa metido no seu paletó preto e suas calças de riscas, todo formal. O Parque Jackson ficava a apenas alguns quarteirões da nossa casa. Meu pai foi a pé na quente manhã de junho, convite na mão. Berenice e eu o acompanhamos até a entrada do parque. A Polícia Montada estava de guarda e uma pequena multidão começava a se formar. Ao passar pelo alto portão de ferro, papai virou-se e acenou para nós, que acenamos entusiasticamente de volta.

Quando meu pai voltou da recepção, narrou sua audiência e conversa com a rainha. Cantor e Berenice aguardaram pelo seu regresso a nossa casa. No quarto, em volta da cama de mamãe, ele descreveu, nos mínimos detalhes, o cenário perto dos jardins; os dignitários locais e os religiosos numa longa fila cerimonial, esperando a vez de falar com o casal real; o vestido em tom rosa-pastel da jovem rainha e seus sapatos brancos; o maravilhoso buquê de rosas vermelhas e de cor laranja, delfínios azuis e cravos amarelos entregue pela filha de quatro anos do prefeito à rainha que o manteve o tempo todo nas mãos enluvadas; o guarda uniformizado em posição de sentido na retaguarda — "parecia uma estátua, não vacilou uma vez" — segurando um pára-sol de cor lavanda para proteger a rainha do sol quente.

— Sabem de uma coisa? Sua Majestade tem a mais bela compleição que já vi na vida. Uma grande dama.

Berenice manteve a mão direita contra o peito o tempo todo que meu pai falou. Praticamente não piscou, e parecia sentir falta de ar.

Quando afinal foi anunciado, meu pai se aproximou da rainha e inclinou-se levemente.

— Minha mulher sente muito não ter podido comparecer, mas deve ficar confinada ao leito enquanto espera nosso segundo filho. Graças a Deus, já temos um filho muito amado.

A rainha, como diz a canção, foi muito graciosa e disse ao meu pai:

— Desejamos à sua esposa boa saúde e um filho muito saudável.

— Obrigado, madame — agradeceu meu pai.

Então, meu pai nos contou, ele estava para deixar o pódio, uma vez que pensava que seu momento com a rainha houvesse acabado, quando Sua majestade o deteve. Sua pergunta foi doce e gentil.

— Rabino, o senhor já escolheu um nome para o seu filho?

Meu pai segurou a mão da minha mãe e sorriu para ela e depois para todos nós que estávamos no quarto. Fez uma pausa e repetiu sua resposta à rainha.

— Berenice se for menina e Bernhard se for menino.

A rainha disse:

— Bem, ambos são nomes adoráveis.

De repente, Berenice começou a chorar alto, seu busto subindo e descendo incontrolavelmente.

— Oh, Deus! Oh, Deus! Rabino... Deus o abençoe!

Finalmente, Cantor, comovido, lágrimas presas aos olhos, pegou pelo braço sua mulher, a mais querida amiga da minha mãe, a conduziu para fora do quarto e a levou para casa.

Meu pai ficou espantadíssimo com a reação que causou. Começou coçando a cabeça.

— Não tive intenção de magoá-la. Sei que não é costume dar a bebês nomes de pessoas ainda vivas. Pensei que poderíamos fazer uma exceção.

Minha mãe olhou para o meu pai, olhos úmidos, e pela primeira vez na minha vida eu a ouvi dizer para ele com voz trêmula:

— Eu o amo... Você é um homem maravilhoso.

Belle River

Passei o verão do confinamento da minha mãe no lago com Berenice e Cantor. Este era o mesmo lago Saint Clair que também se via de Grosse Pointe e da mansão dos Ford. Há muito tempo deixara de achar que Hannalore fosse rica e nós pobres.

Sempre gostei dos nossos veraneios no lago. Normalmente, meus pais alugavam o chalé junto ao de Cantor, e passávamos a estação da mesma forma que o resto do ano, próximos uns dos outros. O verão que passei com Berenice e Cantor foi de grande expectativa e criatividade, o que me fez esquecer a decepção que sentira antes de partir.

Minha mãe ia ter um bebê. Meu pai estava em casa trabalhando arduamente no seu livro. Segundo ele, fizera "progressos enormes", pois recebera carta de um colega de Estocolmo contendo informações cruciais sobre a destruição de Nehardea. Cantor começara a trabalhar no seu oratório, uma suíte para seis vozes e piano chamada *L'olam Vo'ed* — *Para todo o sempre*. Cantor me explicou que a composição era dedicada "a todos os *korbanot*", todos que foram sacrificados e morreram.

— Será triste mas esperançosa, como toda a arte deveria ser, com possibilidade de redenção.

Cantor pretendia encontrar passagens nos salmos e emendá-las por meio da música. Cada uma das seis vozes teria o seu próprio tema, disse-me ele. Cada voz visitaria a outra e a consolaria de modo que nenhuma jamais se sentisse sozinha.

— A pior dor, Alexander, é a dor de estar sozinho para sempre.

Ele caminhava o dia inteiro com a Bíblia na mão, em volta do chalé e ao longo da praia. Ele cantarolava suas melodias e entrava no chalé para registrá-las na espineta que trouxera de Windsor. À noite, Berenice sentaria ao piano e tocaria as melodias que Cantor produzira durante o dia. Ele a acompanharia, cantando. Embora ela fosse uma mulher grande, seus dedos eram estreitos, delicados, longos e finos.

Essa parceria era recente. Jamais vira antes Berenice acompanhar o marido ao piano. Isso me fazia bem ao espírito, especialmente quando começava a me sentir solitário. Uma noite, bem cedo, quando caminhávamos pela praia, Berenice explicou-me:

— Atingimos um novo estágio em nosso casamento e agora eu participo mais do trabalho dele. Talvez pelo fato de ele ter-se comprometido com uma tarefa tão gigantesca como o oratório, é que precise mais da minha colaboração. Não sei explicar, mas isso me deixa muito feliz, Alexander.

Berenice e eu paramos e ficamos vendo o sol se pôr no horizonte, atrás do lago. Não havia névoa nem nuvens. Quando o sol mergulhou para dentro d'água, vimos um brilhante clarão verde enquanto a luz fugidia refratava pela atmosfera. Berenice deixou escapar um suspiro de prazer.

— Meu Deus, ouvi falar do "clarão verde" durante toda a minha vida, mas nunca o havia visto. É uma das coisas mais bonitas do mundo, e eu jamais o tinha visto. Jamais vi uma cor de luz tão perfeita. Parecia uma esmeralda. O clarão é tão belo que faz com que a gente queira segui-lo.

Ela encolheu os ombros, inclinou-se e me olhou nos olhos. Seu hálito tinha perfume de menta:

— Você viu, não viu, Alexander? Não foi maravilhoso?

— Sim, Berenice. Foi belíssimo.

Pelas manhãs, Cantor passava em revista as suas palmeirinhas que ficavam na área calçada antes da praia. De cada lado da praia havia salgueiros antigos e enormes. As palmeiras, vindas de terras longínquas, ficavam à parte, dignas, eretas em seus postos entre as esparramadas e luxuriantes árvores nativas.

Naquele ano, o lago começou a receder, parte de um ciclo de recessão e reabastecimento que ocorria ao longo das décadas. Certa manhã, apareceu um banco de areia que aumentou a nossa praia.

— Vê, Alexander? O lago é um ser vivo que respira. Está mostrando o tornozelo.

Quando queríamos nadar tínhamos de dar a volta no banco de areia e ir mais para dentro do lago do que de costume.

Berenice receava que eu me entediasse, de modo que planejou várias coisas. Um dia podíamos acordar mais cedo e viajar de carro para além de Stony Point; passávamos por Wallaceburg e íamos pelo lado canadense do lago Saint Clair até o lago Huron.

— O lago Huron é um grande mar interno — explicou-me Berenice enquanto apontava para a vastidão de água, pois embora o dia estivesse claro e ensolarado, não se conseguia enxergar o outro lado. — Milhões de anos atrás quem vivia aqui eram os dinossauros que provavelmente estão enterrados no fundo do lago. Quando pensamos numa época que passou há tanto tempo, quando outras criaturas perambulavam pela terra, criaturas que nunca mais conseguirão ver a luz do sol, é que compreendemos como os nossos problemas têm pouca importância. De qualquer forma, quando penso em dinossauros, me sinto mínima. E se eu fosse um dinossauro, não saberia onde comprar os meus sapatos!

Num outro dia, Berenice teve uma idéia entusiasmante. Seguiríamos pela praia parte da rota do *Britannia*. Passaríamos de carro ao longo da costa canadense do lago Erie e depois subiríamos para o norte acompanhando o Canal Welland até as ilhas Santa Catarina.

— O Canal Welland é uma das grandes maravilhas da engenharia, e está tão perto de nós. Na verdade, deveríamos vê-lo.

Quando acordamos bem cedo, o Cantor já estava de pé e nos preparara ovos *à la diable* e um prato de salada com peixe defumado. Berenice pôs a comida, juntamente com várias garrafas de água e refrigerante dentro de um isopor que por sua vez foi para o porta-malas do carro. Outro dia ensolarado e sem nuvens no céu.

— O dia está quase tropical. O verde é tão verde que meus olhos chegam a doer.

Ela pôs seus óculos-borboleta. Faltavam duas ou três pedrinhas do conjunto que decorava a armação.

— Todo mundo pensa que o Canadá é tão frio. Não sabem que recebemos todos os anos a visita dos trópicos. Uma vez, quando a crosta terrestre era diferente, havia um Canadá diferente. Não era nem mesmo o Canadá. Era um Canadá tropical.

Do lado oposto da margem do lago Erie, passamos por trigais e milharais que pareciam não acabar nunca. Alguns quilômetros antes de Wallacetown, cortamos o caminho por dentro na rota para Port Colborne. Passamos por uma placa onde estava escrito "Saint Thomas".

Berenice estava agitadíssima:

— Não é uma coisa louca e divertida? Quando eu era uma menininha, costumávamos pegar o *Père Marquette* para ir a Saint Thomas. Lá mudávamos de trem e íamos até Port Stanley. Era um recanto muito popular do lago. Eu adorava aquele passeio de trem. Eu e meu irmão nos divertíamos tanto! Talvez devêssemos fazer uma viagem a Port Stanley.

— Meu tio morreu no Saint Thomas.

— Eu sei — disse ela em voz baixa.

— Ele era um criminoso insano e torturava cães. Ele arrancava os olhos dos cachorros e cortava suas partes íntimas — disse eu, embora não soubesse se aquilo era verdade. Disse tudo num tom calmo, como se tais fatos horríveis me deixassem indiferente. Meus pais nunca mais falaram do tio Avner, e eu receava perguntar.

— Oh, pelo amor de Deus, isso não é verdade. Eu não conheci seu tio Avner, mas ele não era criminoso, nem insano, nem mau, nem nada. — Ela começou a falar bem depressa. — Nem sabia que sua mãe tinha um irmão. Eu sempre conversava com ela sobre o meu irmão mais velho, o Teddy, que se apresentou como voluntário para o Haganah e se mudou para a Galiléia. Mas sua mãe jamais mencionou que tinha um irmão, exceto uma vez pouco antes de ele morrer. Ela não gosta de falar sobre isso. Seu pai é que me pôs a par de alguns detalhes.

Fez uma pausa e prosseguiu:

— Avner era o irmão mais velho da sua mãe. No começo, era uma criança normal e inteligente. Sua mãe e Avner iam todos os dias juntos para a escola. Era um bom menino e tomava conta da irmã direitinho. Então teve uma doença horrível. Começou a agir de modo estranho. Não sei exatamente como. Pensavam que se tratava de um problema emocional. Finalmente, ele não conseguia mais ouvir nem enxergar. Parou de falar e caminhar. Não conseguia mais controlar as funções do seu corpo, você sabe o que eu quero dizer. Tinha uma espécie de doença nervosa. Às vezes, eu me espanto com os médicos. Eles podem ser tão cruéis! De qualquer modo, tentaram ajudá-lo, mas não podiam fazer nada. Nunca podem. Não, quando se trata de uma doença séria. Por isso seus avós o internaram. Pensaram que ele morreria logo, mas ele viveu ainda por muitos e muitos anos.

Berenice parou de falar por alguns minutos. O vento que batia contra nossos rostos era quente e úmido. Uma enorme abelha pousou no pára-brisa e depois voou para fora pela janela de Berenice. Ela recomeçou a falar:

— Sei que todos ficaram de coração partido. Isso eu sei. Por favor, não conte a seus pais que lhe falei disso. Eles ficariam zangados comigo, especialmente a sua mãe. Mas, sabe de uma coisa, Alexander? Eu acho errado afastar alguém que se ama. Mesmo quando estão terrivelmente doentes e não suportamos vê-los sofrer. É como julgar alguém. É como se eles fossem duplamente punidos, embora não tenham culpa de nada. E seus avós, os pais de seu pai, agiram ainda pior, perdoe lhe dizer. Queriam impedir o casamento dos seus pais. Disseram que sua mãe poderia ter maus genes. Quando viram que não conseguiriam fazer seu pai mudar de idéia, mudaram-se para Frankfurt. Há quem pense que seu pai é uma pessoa fácil de ser convencida de qualquer coisa, mas quando se trata de algo realmente sério, ele é o homem mais forte que eu conheço. Imagine, se seu pai tivesse dado ouvidos aos pais dele, você não teria nascido!

Por um momento vi as luminosas letras do meu nome esvaecendo na escuridão infinita do espaço. As letras do meu nome se encolheram para dentro de si mesmas e elas foram morrendo como brasas que se apagam.

De repente, Berenice reduziu a marcha do carro. Vi quando levantou seu longo pé, dentro da sandália cor-de-rosa, do acelerador e acionou o freio. Também diminuiu as palavras para que fossem enunciadas no tom certo e cuidadoso.

— Veja só, dentro em breve sua mãe terá um novo bebê. Deus a está abençoando. Deus abençoa as pessoas que fazem coisas por amor. O problema é que não sabemos nunca qual será a bênção. Eu sempre quis ter um filho também, mas Cantor não pode tê-los. Sofreu uma terrível cirurgia, de modo que não poderemos ter filhos. Eu teria morrido se tivessem me submetido a uma cirurgia tão dolorosa como a que ele sofreu. Logo que casamos, Cantor costumava acordar gritando no meio da noite. Eu soube de tudo antes de nos casarmos. Ele nunca escondeu nada de mim. Na ocasião, não me pareceu importante, pois nos amávamos tanto. Ele ainda diz para mim: "Berenice, Berenice, muito obrigado por não me deixar passar a vida sozinho."

Berenice subiu no acostamento e parou o carro. Estava quase sem fôlego:

— Alexander, por favor, apanha uma Coca-Cola para mim, que estou morrendo de sede. Toma uma também, do contrário você corre o risco de ficar desidratado.

Ela bebeu todo o conteúdo da garrafa de uma vez. Enxugou o canto dos lábios delicadamente com um lencinho de renda e depois tirou uma foto da sua bolsa. Na verdade, tratava-se de meia fotografia. Metade fora cortada por uma tesoura não muito afiada. Na fotografia se podia ver um homem, quase um esqueleto vestindo farrapos, com uma face toda nodosa. A princípio não reconheci quem era, mas logo depois vi que se tratava de Cantor. Ele parecia mais velho do que agora e isso me confundiu.

— Esta foto foi batida no dia em que ele foi libertado. Quase morrera de fome.

Berenice botou a foto de volta na bolsa. Passou os dedos abertos por baixo dos cabelos da nuca que brilhavam graças à umidade e à transpiração. Ela continuou:

— Na outra metade da foto estava Hannalore, mas ela cortou sua imagem e a destruiu. Não sei quem tirou a foto e nem como eles dois sobreviveram. Gostavam de selecionar gêmeos para experiências. Mantinham os gêmeos numa barraca próxima à dos ciganos. "Gêmeos!", "Gêmeos!", gritavam eles sempre que chegava um trem carregado de novos prisioneiros. A maioria dos gêmeos eram crianças e muito jovens para sobreviver. Faziam experiências horríveis com eles. — Berenice estava muito nervosa e sua voz tremia. — Eu não devia contar essas coisas para você. Não contei nem aos seus pais. Não quero assustá-lo para depois você ter pesadelos.

— Eu não estou com medo.

— Não conte a seus pais nenhuma dessas histórias. Certas coisas devem permanecer em segredo. Promete?

— Prometo.

Depois de me contar tudo, Berenice pareceu mais relaxada. Tive de me sentar sobre as mãos, cujo tremor não conseguia controlar de outro modo. Berenice aparentemente não notou nada.

— Às vezes tenho a impressão, Alexander, de que você é a única pessoa com quem consigo falar de verdade. Há certas coisas, por exemplo, que eu nem sonharia em contar para a sua mãe. E olhe que ela é a melhor amiga que tenho neste mundo.

"Você é sensitivo — continuou ela. — Se eu tivesse um filho gostaria que ele fosse exatamente como você. Passando todo esse tempo com você, faz com que eu me sinta tão íntima e abençoada. Não sou sempre tão alegre por dentro como pareço ser por fora. Já estou invejando a menina de sorte que irá fisgá-lo quando você ficar mais velho. Enfim, apenas estar com você já me faz feliz."

— Eu também — disse; embora mal houvesse pronunciado as palavras, já sentia o amargo sabor do arrependimento, como se eu tivesse dito alguma coisa estúpida, ou houvesse sido forçado a concordar com algo que não concordava. O que tinha aquilo a ver com passar um tempo alegre com Berenice e as nossas aventuras? O que ela falou me deixou embaraçado. Mas também era verdade que eu não mentira ao dizer "Eu também". Eu amava Berenice e ela me tratava como trataria um adulto. Mas tinha a sensação desagradável de que mesmo palavras amorosas podem ser perigosas.

Semana sim, semana não, eu ia com Berenice a Windsor para visitar minha mãe. A intensidade do meu amor por ela não diminuíra durante o verão. Sempre que entrávamos em seu quarto, lá estava ela recostada nos travesseiros.

— Alexander, Berenice, obrigada por viajarem nesse calor escaldante para me visitar.

Era um verão particularmente quente, e nos fundos da casa não havia uma sombra sequer. A Grande Deusa Asherah havia morrido no ano anterior. Quando o pessoal do município chegou para cortá-la, meu pai leu um elogio do Livro dos Provérbios; voz mais alta que a serra elétrica.

— Força e dignidade são as suas vestes, e ela ri no dia final.

A maioria do tempo, por causa do calor, as janelas do quarto de dormir dos meus pais permaneciam abertas. Um ou dois ventiladores moviam suas pás de um lado para outro, fiéis sentinelas da atmosfera e da criança que crescia dentro do ventre de mamãe. Ela não gostava de ar condicionado. Achava que poderia fazê-la adoecer. Buquês de flores foram colocados em jarras sobre as mesas-de-cabeceira e a maior que ficava no centro do quarto. Todas as manhãs meu pai apanhava flores no pátio, principalmente peônias, rosas e íris que minha mãe plantara nos anos anteriores. Ocasionalmente, havia mais gente no quarto com mamãe, a maioria senhoras da congregação. Mas quando eu e Berenice entrávamos, elas rapidamente trocavam algumas palavras gentis, se despediam e partiam. Minha mãe sempre parecia ficar mais aliviada e feliz quando nos via.

— Ufa, estou contente por aquelas *makhashefot* terem ido embora — dizia ela algumas vezes. — Essas bruxas estão sempre tentando descobrir coisas. — Ela parava de falar e olhava para mim por um momento. — Bem, você sabe o que eu quero dizer, Berenice. Fico toda arrepiada.

— Oh, todas a amam, Sarah — dizia Berenice —, e só querem o melhor para você.

Minha mãe suspirava, rolando os olhos dentro das órbitas. E Berenice continuava:

— Sarah, este negócio de ficar presa à cama todos os dias a está deixando paranóica.

— Acho que não posso fazer nada. Sempre fui um pouco paranóica.

— Ah, finalmente você admitiu, Sarah!

Minha mãe mudava de assunto e perguntava se eu estava me divertindo no lago com Berenice.

— Sinto tanta falta de vocês dois. O que vocês andaram fazendo?

Eu começava a contar-lhe o que quer que tivéssemos feito. Às vezes prestava atenção e me fazia perguntas. Outras, à medida que o verão ficava mais quente, perdia o interesse quando tentava contar-lhe detalhes de algum passeio em particular, como o dos dinossauros debaixo do lago Huron ou o das sete comportas do Canal Welland. Nessas ocasiões, Berenice dizia:

— Acho que a sua mãe está cansada. O bebê está com sono e faz sua mãe ficar com sono também.

Depois dessas palavras, íamos embora.

Na nossa última visita, pouco antes de voltarmos para o lago, minha mãe me disse que eu podia pôr a mão na sua barriga.

— Você pode sentir o bebê dando pontapés, agora, Alexander. Ooh! Está sentindo, Alexander? Suavemente, não aperte com tanta força. Não aperte com tanta força, realmente!

Senti o bebê dar pontapés e fiquei tão maravilhado que ansiei para que ela permitisse que eu ficasse ali apertando minha mão contra o seu estômago, sentindo o bebê se movendo, nadando na sua segura escuridão.

Berenice tocou no meu braço e insistiu que fôssemos embora imediatamente.

— O céu está carregado de nuvens e eu não gosto de dirigir na chuva.

Eu não queria ir embora. Não agüentei e comecei a chorar.

Devagarinho, Berenice me puxou dos braços da minha mãe e me segurou nos seus.

— Venha, meu coração, venha. — Ela repousava fortemente o queixo contra a minha cabeça. — Sua mãe está cansada, Alexander, vamos! Logo, logo, a gente volta, prometo!

Livrei-me do aperto de Berenice e olhei nos seus olhos:

— Minha mãe me disse que eu poderia ficar em casa quando quisesse.

— Vá com Berenice — disse minha mãe e fechou os olhos.

Mais tarde, quando já estávamos andando de carro em direção a Belle River, o céu se tornou púrpura escuro. Berenice, que se mantivera calada e pensativa, ficou entusiasmada.

— Oh, eu amo uma verdadeira tempestade de verão. Com trovões e relâmpagos. A natureza em toda a sua glória e fúria.

Berenice ligou o rádio. Alertavam sobre a possibilidade de um tornado em todo o condado.

— Exatamente como no *Mágico de Oz* — disse Berenice. Agora é melhor meter o pé na tábua.

Corremos em alta velocidade por toda a estrada. Quando chegamos ao chalé, o lago estava encrespado. O banco de areia desaparecera debaixo das ondas. Nuvens negras corriam pelo céu. "Epa!", exclamou Berenice. Cantor saiu do chalé e falou alguma coisa sobre as palmeiras. Berenice lhe disse para não se preocupar, pois elas estavam acostumadas com o clima tropical. De qualquer modo, nós o ajudamos a trazer uma por uma das arvorezinhas para mais perto do chalé.

De repente, era tarde demais. A distância, um grande funil começou a se formar e a rodopiar sobre o lago.

Um tornado vinha em direção à praia.

A chuva caiu pesada, e o vento jogava areia contra os nossos rostos. Jamais vira uma tempestade como aquela, mas não tinha medo. Eu era um sobrevivente que mantivera a porta do útero de minha mãe fechada por nove meses, nadando num espaço escuro e aquoso. Eu era esperto e forte mesmo antes de ter nascido. Queria ficar ao ar livre e espiar.

Cantor estava frenético. Suas amadas plantas tremiam nos vasos; balançavam e inclinavam suas copas até o chão. Suplicavam pela vida. Em meio ao tremendo furor da tormenta, tive a impressão de ouvi-las gritar: "Salvem-nos! Salvem-nos!" Mas não fui tentado a salvá-las. Não me importava. Desprezava a fraqueza daquelas plantas, a sua delicadeza. Se eu fosse elas, seria forte, teria lutado. Os salgueiros com suas raízes profundas na terra e seus troncos poderosos deviam estar rindo delas. "Ah, seus modelos de perfeição, agora vocês vão ver o que é bom!"

Desesperado, Cantor tentou puxá-las ainda mais para perto da casa. Tentou passar uma corda juntando todos os troncos, mas o vento era muito forte. Berenice ainda tentou consolá-lo:

— Elas estão acostumadas a este tipo de tempo. Elas são tropicais. Vão ficar bem, você vai ver! — Começou a implorar: — Bernhard, vamos para casa antes que seja muito tarde.

Com toda a sua força, ela empurrou seu marido desesperado em direção ao chalé. Só então viu que eu estava parado em frente ao lago desafiando os ventos. Foi a única vez na vida que gritou comigo:

— Alexander, você está louco? Entre no chalé imediatamente. O que há com você hoje, meu Deus?

Havia uma pequena adega debaixo do chalé, e todos nos encolhemos lá dentro enquanto o vento rondava a casa. Ouvimos um ruído terrível, parecido com tiros de revólver. E então, de repente, o estrondo cessou. Cantor quis se levantar imediatamente, mas Berenice lhe disse que deveríamos aguardar mais alguns minutos.

— Nós podemos estar debaixo do olho do tornado. Embaixo do olho do tornado é sempre calmo, como dentro do olho do furacão.

Esperamos por mais um minuto e finalmente Cantor não agüentou mais. Subimos a escada da adega e saímos de casa.

O tornado havia ondulado a areia da praia. Todos os vasos contendo as palmeiras tinham virado e quebrado. Os troncos haviam sido fraturados e mostravam seu interior amarelado, todo fibroso e sujo. Duas plantas caíram uma sobre a outra como varetas, de modo a formar uma cruz como a que Hannalore levava no pescoço. O vento arrancara alguns galhos dos salgueiros, mas nada mais. Pareciam relaxados e calmos.

Então, pela primeira vez eu vi um homem — um homem que já parecera um esqueleto humano com uma face que era mais uma caveira nodosa, um homem que havia sido operado por gente má, sem anestesia, para que ele jamais pudesse ter filhos, um homem que escrevera a mais bela melodia que eu já ouvira —, eu vi este homem chorar.

Muitas horas depois da tempestade, ainda não tínhamos nem eletricidade nem telefone. O lago, naquela brilhante fatia de fim de tarde, estava intumescido e púrpura, como se houvesse sofrido um ferimento. Algumas persianas haviam sido arrancadas do chalé, mas, surpreendentemente, além disso, poucos foram os danos. Uma estreita serpente de areia fora trazida pelo tornado até o gramado entre o chalé e o lago.

Às vezes, meu pai explicava num dos seus sermões: Deus esconde a sua face do seu povo, e é nessas ocasiões que os desastres se multiplicam.

Alguém dirigia um carro na estrada em frente ao chalé. Era o filho do dr. Desjarlais que tinha pouco mais de dezesseis anos e recentemente aprendera a guiar. Estava de *short* e com uma camisa ensopada pela chuva onde se podia ler "Walkerville Collegiate". A princípio, quase não escutei o que ele dizia, pois olhava fascinado para os cabelos grossos e saudáveis que caíam sobre seus ombros largos, para seus olhos castanhos e para suas mãos fortes que gesticulavam enquanto ele falava rapidamente. Ele já era um homem. Seu pai o mandara para nos dar uma mensagem urgente. Finalmente compreendi o que ele estava dizendo. Minha mãe começara a perder o bebê e fora levada às pressas para o hospital.

— Meu pai mandou dizer a vocês para que não se preocupem — disse Mickey, olhando para o Cantor e Berenice. Parecia não me ver. — A mulher do rabino vai ficar bem, podem ter certeza.

Permaneci por um longo tempo olhando para as costas e as pernas de Mickey enquanto ele se afastava e entrava no carro. Queria tanto ir com ele e ver minha mãe. Era uma sensação terrível que não havia experimentado antes. Depois que Mickey meteu o carro na estrada principal, eu me virei e olhei para o terreno. Meus olhos pareciam ter espinhos e descobri que estava chorando. Sabia que chorava não porque mamãe estava perdendo seu bebê, mas porque Mickey fora embora e eu me sentia muito só.

Olhei para cima. Berenice e Cantor me deixaram e voltaram vagarosamente para o chalé. Os braços de Berenice envolviam o marido e davam apoio a ele. Olhei para eles e disse para mim mesmo: "Não, eu não estou com medo. Eu não estou envergonhado. Por que estaria? Por que estaria?" Essas palavras fizeram com que eu me sentisse melhor.

Estava quase orgulhoso.

Eu sabia que era forte e esperto mesmo antes de nascer. Sabia que tinha um coração teimoso. Sabia que poderia viver toda a minha vida sozinho e que isso não teria importância.

Sabá

No começo do outono, poucas semanas depois de minha mãe ter perdido o bebê, Marla Cook e sua mãe apareceram na sinagoga para ouvir Cantor. Era dia de Rosh Hashanah. Como sempre, sentaram na última fila. Marla estava com um vestido brilhante de seda vermelha e o mesmo colar extravagante que eu vira na estrada de Tecumseh. Sua mãe trajava preto como sempre. Marla puxava o braço da mãe pela manga sempre que ela tentava levantar para se retirar. Sua mãe finalmente desistiu e elas ficaram sentadas até o fim da cerimônia.

Quando eu caminhava para casa, à frente dos meus pais, do Cantor e de Berenice, ouvi a familiar voz nasalada:

— Sobrevivi ao Texas, sra. Lot. — Marla dera um jeito de

ficar parada bem na minha frente. — Mas posso morrer a qualquer momento. O doutor disse à minha mãe que meu coração pode parar a qualquer momento. Como um cronômetro.

— Onde está sua mãe? — perguntei.

Marla olhou para mim com muita atenção. Primeiro com um olho, depois com o outro. Embora eu a houvesse visto muitas vezes ao longo dos anos, e uma vez bem de perto na estrada de Tecumseh, percebi de repente que seus olhos eram mais separados do que o normal, quase nos cantos da face.

— E, por acaso, eu sou a guardiã de minha mãe? Minha mãe acha que se me levar para visitar os mais diversos deuses, talvez eu sobreviva. Ela acredita em conciliação. Como o nojento do Chamberlain. Ele era primo afastado dela. Já morreu há muito tempo, mas continua sendo uma vergonha para toda a família. Mas, respondendo à sua pergunta, eu a mandei para casa. Hoje em dia já posso caminhar muito mais. — Começou a mexer no seu colar cravejado de pedras vermelhas e verdes. Brilhavam no sol da tarde. — São todas verdadeiras — disse. — Esmeraldas e rubis com algumas pequenas baguetes de diamante jogadas no meio para dar sorte. Muito caro. Já pertenceu a uma duquesa ou imperatriz, não me lembro. Teve de abrir mão do colar. Teriam-na assassinado se insistisse em ficar com ele. Tempos difíceis exigem decisões difíceis, sabia?

Berenice e minha mãe se juntaram a nós. Berenice falou:

— Alô, Alexander. Alô, senhorita. Eu já a vi antes. Meu nome é Berenice e esta é Sarah. Qual é o seu nome?

— Sou a Rainha de Sabá.

Minha mãe lançou um olhar para Berenice, mas ela continuou falando como se nada de anormal houvesse sido dito.

— Bem, será que a Rainha de Sabá nos faria companhia durante o almoço? Vamos almoçar na minha casa.

— Eu poderia — respondeu Marla. — Eu poderia também morrer este ano. A não ser que o Deus de vocês tenha escrito meu nome no seu "Livro da Vida", como disse o rabino. Mas, antes, quero me encontrar com Eva Moore e Bijou, o príncipe dos animais de estimação. Minha mãe não quer que eu tenha um cachorro porque se eu morrer ela vai ter de tomar conta dele.

A essa altura, minha mãe e Berenice não tinham literalmente mais palavras.

Um táxi passou por nós e parou. Dele saiu uma mulher alta e elegante. Era a mãe de Marla. Usava um colar de pérolas que contrastavam suavemente com o costume preto. Estava obviamente irritada, mas tentava se controlar e aparentar uma digna calma.

— Marla, estive procurando você por toda a parte. Você sabia que o táxi estava esperando para nos apanhar. Por que saiu correndo daquele jeito?

— Fui convidada para almoçar.

A sra. Cook parecia intrigada.

Berenice disse para Marla:

— Você não deveria ter assustado sua mãe dessa maneira. — Virou-se para a sra. Cook. — Sinto muito. Não sabia que a senhora estava à procura dela, de modo que a convidei. A senhora não gostaria de nos fazer companhia?

— Não, não. Eu não poderia me impor. — Voltou-se para a filha, uma voz suave que implorava:

— Agora vamos embora, Marla. Nós realmente...

— Eu vou com *eles*. Fui formalmente convidada.

A sra. Cook hesitou.

Berenice interveio:

— Está tudo bem. Ela pode vir. É muito bem-vinda.

Marla olhou fixamente para a mãe:

— Bem, mas só se você se lembrar de ser uma senhorita e dizer obrigada. Por favor, chame um táxi quando estiver pronta para voltar para casa. É muito longe para você ir a pé, de modo que nem tente. Você precisa prometer. E prometer que não vai tagarelar muito com essas pessoas tão gentis. E respeite os costumes deles.

Marla sorriu docemente e prometeu.

Assim que chegamos ao nosso quarteirão, Hannalore apareceu dentro do seu conversível. Berenice e Cantor tentaram apresentá-la a Marla.

Hannalore parecia não prestar atenção, aliás, parecia nem ver a estranha menina. Estava agitada e acendia um cigarro atrás do outro, jogando-os na calçada sem mesmo levá-los aos lábios. Marla lhe disse:

— Se você brincar com fósforos, corre o risco de se queimar.

Hannalore olhou para ela de modo esquisito e continuou a ignorá-la.

— *Die Italienerin* falou contra mim na frente de todos os criados. — Os olhos de Hannalore não paravam de piscar. — Ela sabia que hoje era o meu dia de folga. Ela sabia. Eu havia lhe dito. "Por que hoje, Hannalore?", "Por que hoje, Hannalore?", ela não parava de perguntar. "É, por acaso, o seu aniversário? Você sabe que teremos convidados importantes para o almoço. Eu preciso de você *aqui*."

— Está parecendo que houve um mal-entendido — exclamou Berenice. — Você não deveria se abalar tanto.

— Oh, não! Não houve mal-entendido algum! *Mon Dieu!* Não posso permanecer naquela casa. Fui ver *mademoiselle* Dee Dee imediatamente hoje de manhã. Ela disse que devo mudar de emprego para encontrar um *baxt* melhor. Não sei como encontrarei um novo emprego. Vou morrer de fome!

Marla disse:

— Pronto, pegue isso se você precisa de dinheiro. Vale uma pequena fortuna. — Tirou o colar, colocou-o na mão magrinha e o estendeu em direção a Hannalore. Ela moveu a mão para um lado e outro, de modo que as pedras brilharam. Pareciam constelações verdes, douradas e vermelhas refletidas na calçada de lajotas brancas em frente à casa de Cantor e Berenice.

Hannalore a ignorou e continuou a se queixar da sra. Ford.

— *Die Italienerin hat mich beschimpft*. Ela ralhou comigo!

Marla repetiu, desta vez gritando com sua voz nasalada:

— Eu disse "apanhe isso!" Vale uma fortuna. Com isso você vai poder se aposentar, sua mulher burra, ou seja lá a criatura estranha que você for.

Todo mundo ficou aturdido. Berenice e minha mãe, Cantor e meu pai, todos estavam parados na calçada em frente às duas casas vizinhas.

Hannalore finalmente virou-se para Marla, que continuava com o colar na mão estendida.

— O quê?... Eu não posso aceitar tal... tal... *bijoux* de uma estranha. Seus pais sabem o que você está fazendo?

Marla ficou enfurecida.

— Meus pais? Meus pais? Minha mãe me dá tudo o que eu quiser. Eu sou deformada. Será que você não enxerga? E eu estou *morrendo*. Você sabe como é morrer? Você sabe?

Vi Hannalore aquiescer com a cabeça, mas Marla parecia não ter notado. Apertei minhas mãos uma na outra, atrás das costas, para que elas não tremessem.

Marla voltou um olho e depois o outro para o nosso pequeno grupo.

— Eu também sou órfã. Meu pai está morto. Por que minha mãe me deixaria ter essas coisas? Posso fazer o que bem entendo com elas.

Marla jogou o colar no gramado.

Hannalore foi até onde ele caíra e o apanhou. Colocou-o contra o sol e o examinou cuidadosamente. Começou a chorar. Voltou-se atônita para Marla:

— Onde você arranjou... uma coisa tão maravilhosa?

— Eu odeio ficar respondendo as mesmas perguntas o tempo todo. Você não odeia? Um simples "obrigada" bastará.

— Sim. Obrigada. Obrigada.

De repente me ocorreu que o fato de Marla ter dado e Hannalore recebido as unira de certa forma, mas ainda não sabia de que forma.

Marla, de repente, mudou de assunto e começou a falar doce e suavemente sobre Eva Moore para Berenice e minha mãe.

— Acho que ela é a mulher mais bela do mundo. Ela comprou há pouco um anel de esmeraldas na joalheria da minha mãe. Eu mesma a vi examinando a pedra oval sob a lupa. Ela conhece gemas como uma *connoisseur*. Minha mãe depois me disse que se tratava de uma pedra perfeita. Perguntei à srta. Moore onde estava Bijou, o príncipe dos animaizinhos de estimação. Respondeu que estava em casa vendo televisão. Disse ainda que gostaria que as pessoas deixassem o pobre do Bijou em paz. Ela, realmente, não pode mais sair com ele em público sem que os admiradores peçam uma impressão da patinha dele como autógrafo. Disse que entendia perfeitamente como ela se sentia. — Marla começou a caminhar à nossa volta, o vestido de seda vermelho rodopiando, olhando para nós com um e depois com o outro olho, enquanto falava. Aos poucos, ela nos arrebanhou num pequeno círculo.

— Gostaria de ter um cachorro, mas minha mãe não permite. Tem medo que eu morra e ela seja obrigada a cuidar dele. E já disse que se eu morrer, ela pode cremá-lo e enterrá-lo junto comigo, como fazem em alguns países com as esposas e os criados. — Marla olhou diretamente para Hannalore. — Ou minha mãe podia salvar a vida dele; podia dar ele para alguém. Muita gente gostaria de tomar conta dele, tenho certeza. Não acho que ele deveria entrar no céu comigo no mesmo instante...

Marla estava ficando sem fôlego.

— Para dizer a verdade, agora eu não estou com fome... Acho que... agora... estou pronta... para ir para casa. Estou muito cansada. Sra. Berenice, chamaria um táxi? Chame a Companhia de Táxi Xadrez, nós temos conta.

Obedientemente, Berenice entrou em casa e deu o telefonema.

Ficamos todos esperando fora de casa uns dez minutos até o táxi chegar. Parecia que todos tínhamos entrado numa espécie de transe.

Quando o táxi chegou, Marla se aproximou de mim e disse:

— Até mais ver, sra. Lot.

Ignorando todos os outros, se voltou e entrou no táxi. Nem acenou ou olhou para trás.

Quando o táxi de Marla desapareceu na estrada, entramos em casa. Berenice disse que iria à cozinha para chamar a sra. Cook. Alguns minutos depois, quando retornou à sala de estar, fez com que todos nos sentássemos. Ficou no meio da sala e disse como havia explicado à sra. Moore a questão do colar.

— Ofereci-me para levá-lo à joalheria assim que o Rosh Hashanah acabasse. "Me diga a hora melhor para eu aparecer de modo que Marla não fique sabendo de nada", falei. — A essa altura, os olhos de Berenice se encheram de lágrimas. — Mas a sra. Cook disse para mim: "Não, sra. Seidengarn, a senhora não deve trazer o colar de volta. Nunca. Por favor! A senhora não compreende? Se Marla deu o colar para a sua cunhada, ela deve ficar com ele. O colar pertencia a Marla para fazer o que quisesse com ele. Ela não o quer de volta. Estou tão contente que Marla tenha cometido uma boa ação por vontade própria. Sei que ela é uma criança estranha, mas às vezes pode ser querida e generosa. Talvez o Deus de vocês tenha pena se vocês rezarem por ela. Deus gosta do povo judeu."

Berenice prosseguiu:

— Disse-lhe que o nosso Deus é o Deus de todos e que ele não tem favoritos. Mas a sra. Cook disse "Claro que ele tem, sra. Seidengarn. Dê uma olhada à sua volta." Mas eu olhei — disse-lhe. — Eu olhei.

Mas a sra. Cook continuou insistindo: "Sei que seu povo sofreu tanto e espalhou-se pela terra, sra. Seidengarn, mas sempre se pôs novamente de pé e fez um lar do lugar onde estivesse."

Quando Berenice acabou de contar sua conversa com a sra. Cook, continuou parada por mais dois ou três minutos no meio da sala de estar.

Minha mãe olhava para ela de modo estranho enquanto parecia proteger a barriga com as mãos. Não estava sentindo dor alguma. Sei que esse gesto transformou-se num mero reflexo, pois perdera o bebê havia apenas algumas semanas.

Hannalore estava sentada num canto olhando o colar, a boca levemente aberta. Então, ela falou:

— Jamais alguém me deu alguma coisa tão maravilhosa. Nunca ninguém teve um gesto tão bonito para com Hannalore, nunca!

De repente sua face ficou corada e ela olhou para o irmão:

— Com exceção de Bernhard, é claro. Bernhard *hat mich gerettet*. Bernhard me salvou.

Cantor foi até ela e deu uma palmada leve e gentil em seu ombro magro.

Ela ergueu o olhar para ele:

— Lembra?

Eu olhei para Berenice. Ela estava ocupada enxugando as lágrimas com um lenço.

— Hannalore, Hannalore — disse Cantor. — Não vamos pensar nisso agora. — Pegou o colar nas mãos. — É verdade, Hannalore, é muito bonito. O presente mais bonito que já vi na minha vida. Gostaria de poder tê-lo dado a você.

Finalmente, meu pai começou uma citação: "*Va'teetayn l'melech*... E ela deu ao rei cento e vinte talentos de ouro, um grande depósito de especiarias e pedras preciosas. Jamais se viu tamanha abundância novamente, como aquela que a rainha de Sabá deu ao rei Salomão. Então ela se voltou e retornou ao seu país acompanhada dos seus servos.

Key West

Muitas semanas depois de Marla ter dado o colar a Hannalore ela arranjou um emprego em Key West, Flórida. Conforme soubemos, seus novos patrões não eram tão ricos como os Ford, embora andassem nos mesmos círculos. E uma vez já haviam convidado Hannalore para trabalhar para eles.

— Então, tudo se transformou num verdadeiro *happy ending* e meu *baxt* melhorou muito — disse Hannalore quando veio se despedir do irmão e da cunhada. — E vou ter um quarto com vista para o mar. E sabem de uma coisa? A ilha tem exatamente a forma de um beijo. Bem, talvez, não exatamente. Pela primeira vez, estou pregando uma mentirinha. Mas vou morar quase ao lado da casa do falecido sr. Hummingway e seus gatos malucos. Todos têm seis dedos.

Berenice a corrigiu:

— Hemingway, Hannalore, Hemingway.

Hannalore deu de ombros:

— A mim não importa muito. Não gosto de ler em inglês. — Fez uma pausa e mudou de assunto.— E querem saber de uma coisa? Aquela *mulher* me pediu que ficasse. Me implorou para não ir embora. "Vou aumentar seu salário, sra. Hannalore. Vou pagar mais para a senhora! O que posso fazer para deixá-la feliz?" Mas em tom gélido respondi: "Madame Cristina — usei o seu primeiro nome —, sinto muito, mas é tarde para certos gestos."

Graças ao novo emprego, Hannalore não teve de vender o colar, mas mandou avaliá-lo. Ela riu, revelando seus dentes frontais atravessados:

— *C'est vrai! C'est vrai!* O colar vale uma pequena fortuna. Será parte da pensão de Hannalore.

Durante algumas semanas após a partida de Hannalore, Berenice se mostrou preocupada com Marla. Disse-me que sonhara várias vezes com ela.

— Eu a vejo andando na calçada ou na praia daquele jeito engraçado que ela tem de andar, sempre falando. Quando acordo, não lembro de nada do que ela disse. Ela me parte o coração. Que criatura estranha! É como se fosse de uma espécie diferente.

Minha mãe, por sua vez, nunca falou sobre Marla e disse a Berenice que não gostava de pensar nela.

Um dia, Berenice teve uma idéia. Escreveria a Eva Moore e a convidaria para tomar chá com Marla. Ela me mostrou a carta.

Querida Srta. Moore,

Há uma menina muito enferma que é uma das suas mais fervorosas admiradoras e sei que adoraria passar alguns momentos com você. Será que a senhorita seria tão gentil a ponto de aceitar o convite de tomar chá na minha casa uma tarde, quando poderia conhecê-la? O nome da menina é Marla Cook. Ela me disse que a viu uma vez na joalheira da mãe dela.

Sinceramente,
Sra. Berenice Seidengarn

Eva Moore telefonou para Berenice na semana seguinte e prometeu ir tomar chá em sua casa, embora mencionasse não lembrar de Marla ou de ter estado na joalheria da sra. Cook. Disse ainda:

— Se já me viu na TV, sra. Seidengarn, deve ter notado que não sou o tipo de mulher que passa muito tempo em joalherias, embora deva confessar humildemente uma certa queda por roupas que, muitas vezes, eu mesma faço. As únicas jóias que uso são as pérolas que minha mãe me deu quando eu era mocinha. Bem, estarei esperando pelo nosso chá às quatro.

Berenice pediu a mim e à minha mãe que lhe fizesse companhia.

— Desse modo o chá será mais alegre e talvez Marla não se entusiasme demais.

No dia do grande evento, Cantor passou horas preparando sofisticada *pâtisserie* e deliciosos sanduíches. Berenice poliu seu serviço de chá de prata. Pôs uma toalha de linho na mesa da sala de jantar e sobre ela dispôs as xícaras de chá pintadas à mão que ela colecionava e exibia na cristaleira.

Marla chegou de táxi às três da tarde, uma hora antes da marcada. Usava o mesmo vestido brilhante com que aparecera na sinagoga algumas semanas antes. Exibia ainda um broche de diamantes e safiras. No pulso fininho, vários braceletes de prata.

— Ela já chegou? Eva Moore vem mesmo? Fiquei com medo de chegar atrasada. Fiquei com medo de que ela tivesse de sair mais cedo. Só espero que ela traga o Bijou. É tudo o que desejo na vida! Eva Moore é a mulher mais glamourosa do mundo!

Marla começou a circular pela sala de jantar de Berenice, inspecionando tudo o que havia sobre a mesa. Tocando levemente talheres, xícaras e pratos, pronunciava palavras como "Wedgwood", "Aynsley" e "Royal Doulton". Foi até a sala de estar e começou a levantar os bibelôs das mesas do lado e a recolocá-los no lugar. Olhou atrás dos sofás e das cadeiras. Passou o dedo pela mesa de café para ver se havia poeira. Finalmente, ajoelhou-se e olhou embaixo do tapete.

— Você está agitada com toda razão, Marla — admitiu Berenice. — Não vai querer amarrotar seu belo vestido. De qualquer modo, não se preocupe, pois teremos um chá adorável. Como vai sua mãe?

— Preciso lhe dizer uma coisa confidencialmente, sra. Seidengarn — falou Marla. — A mulher que a senhora conheceu, na verdade, não é minha mãe. Ela é minha tia. Minha mãe era uma condessa polonesa. Morreu quando eu era um bebê, e meu pai me abandonou. A srta. Eva Moore poderia me adotar se ela quisesse. A senhora talvez possa tocar no assunto. Seria muito ousado eu mesma fazê-lo. A senhora poderia dizer a ela que eu cuidaria do Bijou. Poderia alimentá-lo e levá-lo para passear três vezes ao dia. Eu poderia ser muito útil para ela. A senhora precisa dizer isso para a srta. Moore. A senhora deve dizer isso para ela. Minha mãe — quero dizer, minha tia — vai ter de me deixar ser adotada pela srta. Moore. Eu só a chamo de mãe para não ferir seus delicados sentimentos, uma vez que ela se esforçou tanto para me criar. Ela vai ter de fazer o que é melhor para mim!

Minha mãe testemunhou tudo e disse para Berenice:

— Gostaria de repassar o cardápio com você na cozinha, está bem, Berenice?

Momentos depois, Berenice retornou à sala de estar e sussurrou ao meu ouvido que minha mãe não se sentira bem e saíra pela porta dos fundos.

Eva Moore não apareceu para o chá.

Às quatro e meia o telefone tocou. Mais tarde Berenice me contou o que sucedera. A secretária particular da srta. Moore telefonara:

— Eu sinto muito, mas a srta. Moore está indisposta. Tem um pouco de laringite e a coisa mais terrível é que Barbara Stanwick está em Detroit e virá a Windsor especialmente para dar uma entrevista no *show* da srta. Moore. Sei que a senhora compreenderá que uma profissional como a srta. Moore precisa preservar sua voz para a entrevista. Ela mandou lhe dizer que lamenta muito.

Berenice tremia ao desligar o telefone. Estava aterrorizada, com medo de dizer a Marla o que acontecera, mas mal ela pôs o fone no gancho, a menina disse secamente, olhando para o espaço:

— Eva Moore deve morrer.

Então virou-se para Berenice e exclamou alegremente:

— Hoo, sra. Seidengarn! Hoo, sra. Seidengarn! Quando a senhora parar de tremer, quer ser gentil e chamar um táxi para mim?

Frankfurt am Main

O avô do meu pai, que viajara na virada do século pela Mesopotâmia com o príncipe persa exilado, tinha sido um cidadão de Frankfurt, um mercador de livros no famoso Untermainkai, e um acadêmico amador. Meu bisavô já estava velho, embora vigoroso, quando escapou para o Canadá com sua filha e seu genro, pais do meu pai, e um baú cheio dos livros mais preciosos.

Meu bisavô morreu antes de eu nascer e me deram o seu nome, Aryeh Alexander. Desde onde posso me lembrar sempre estive vagamente a par deste fato, mesmo antes de o meu pai contar como a minha existência tinha sido anunciada nos céus.

Sabia que meu nome fora usado antes e acompanhara outra

vida que não a minha; uma vida que, na minha primeira infância, nem podia imaginar, nem mesmo pela foto emoldurada e colocada sobre a lareira, de um homem muito velho usando uma cartola. Um homem de milhares de dias nas costas, segurando um garoto, meu pai, pela mão.

Eu não sabia o que pensar daquilo tudo, exceto que às vezes eu fingia que era, na verdade, duas pessoas. Não gêmeos, de qualquer modo. Gêmeos, eu sabia, tinham nomes diferentes. Eu era mais dois corpos celestiais que se orbitavam; duas almas, uma trancada na outra. Às vezes, quando eu repensava tudo, quando debatia e tentava analisar o pequeno mundo que ficava parado enquanto a minha consciência se desenvolvia, me descobria com opiniões contraditórias, diferentes, às quais eu atribuía, e atribuo ainda hoje, ao fato de ter um nome duplo e emprestado.

Os pais de meu pai eram ambos professores universitários e haviam se tornado rigorosos e inflexíveis livres-pensadores. Cresceram em Frankfurt em bairros diferentes e foram estudar na Universidade de Heidelberg, onde se conheceram. Quando se formaram, ambos passaram a ensinar em Heidelberg. Meu avô no Departamento de Literatura Germânica, e minha avó, uma das primeiras mulheres a ensinar no Departamento de Física.

Meu pai nasceu em 1933, dia em que seus pais chegaram a Toronto.

Pelo que meu pai me contou mais tarde, seus pais se opuseram à sua vontade de abandonar uma carreira universitária para se dedicar ao rabinato. Embora meu pai jamais tenha colocado a coisa em termos tão rudes, a verdade é que meus avós não o perdoaram. Eram intolerantes e consideravam todas as religiões, especialmente a idéia de um Deus pessoal revelado na "Sua Criação", uma traição, uma abominação física. Meu pai sempre os perdoava e tentava explicar o comportamento deles:

— Não aceitam o que não podem ver com seus olhos. Mas não são apenas os nossos olhos que vêem, Aryeh Alexander.

Quando meu pai nasceu, os seus já tinham trinta e tantos anos.

— Tenha filhos enquanto for jovem, Alexander — dizia-me ele. — Quando você tem filhos jovens ainda pode mudar e aprender com eles. Meus pais eram velhos e já haviam passado por muitas coisas. Estavam atrasados. Acho que nem esperavam que eu nascesse depois de tantos anos. Nunca me desculpei do choque que devo ter-lhes causado. Isso parece ser contrário ao mandamento "Honra teu pai e tua mãe", mas eu não podia me desculpar por ter nascido. Caso contrário, eu não estaria aqui. E nem você.

Meu bisavô, autor de *Auf den Spuren Abrahams entlang des Euphrat*, o homem que deixou sua própria jovem família por três anos para seguir um príncipe persa pela Mesopotâmia, pôs o filho inesperado dos seus filhos de meia-idade sob suas asas e o criou.

— Sempre fiz de conta que meu avô era mais jovem do que os meus pais — disse-me o meu pai uma vez. — Ele era vigoroso e otimista. Uma mistura de sábio e babá. Meus pais estavam felizes com o fato de ele cuidar de mim, pois economizavam o dinheiro que teriam de pagar a uma governanta. Não queriam se preocupar com um pequeno ser tão remoto dos seus ideais intelectuais. E talvez ficassem contentes em ver o velho ocupado.

Pouco depois de eu nascer, meus avós se mudaram de volta para Frankfurt. A cidade nunca deixara de ser o lar deles. Nunca os vimos depois disso. Nunca vieram ao Canadá para uma visita e nem fomos à Alemanha.

Ainda amavam a cidade de Frankfurt e conseguiam encontrar perdão para ela dentro dos seus corações. Todas as suas mágoas e frustrações haviam se voltado para um deus invisível e impenetrável, mas as calmas águas do Main, os bairros reconstruídos de Sachsenhausen na sua margem sul, e o próprio povo da cidade, continuavam tão preciosos para eles como sempre.

Meu contato com meus avós, o único, era no meu aniversário. Todos os anos eu recebia um cartão-postal inadequado para uma criança, pois extremamente formal, dizendo "Lembranças pelo seu aniversário" juntamente com um cheque modesto de uma conta suíça. O papel pesado desses cheques verdes, sempre preenchidos pela caligrafia alta, espinhosa e distante da minha avó, de certa forma me lembravam os juncos que esconderam o bebê Moisés. Ano após ano, havia uma inflexível observância da soma em dinheiro que era sempre a mesma, como o era a assinatura da minha avó.

O tempo todo, enquanto eu crescia, meu pai considerava a idéia de visitar seus pais. Escreveria dizendo que gostaria de visitá-los, mas era sempre rejeitado. "Passaremos o verão inteiro viajando pela Itália nas pegadas do itinerário de Goethe", responderiam às vezes. E outras: "Nossos colegas de Heidelberg estarão conosco o mês inteiro e nossa casa é tão pequena." Meu pai nunca demonstrou seu desapontamento:

— Que bom eles estarem tão ocupados. Espero ter tantas coisas para fazer quando chegar à idade deles.

Quando fiz quatorze anos um telegrama foi entregue em casa. Minha mãe atendeu a porta e imediatamente subiu as escadas em direção ao estúdio do meu pai, com o envelope fechado nas mãos.

Eu a segui.

O telegrama era de Frankfurt. Meu pai abriu o envelope e leu que meu avô estava morrendo. O telegrama simplesmente dizia de modo muito formal. "Seu pai mortalmente enfermo." Minha avó não disse se meu pai deveria ou não ir para Frankfurt. Não deu nenhuma indicação de que meu avô gostaria de ver o seu único filho antes de morrer.

Meu pai imediatamente anunciou que viajaria para a Alemanha.

Essa decisão enfureceu a minha mãe.

A face da minha mãe ficou pálida, com exceção da ponta do seu nariz fino que permaneceu estranhamente rosado e, apesar das graves circunstâncias, me pareceu cômico, mais próprio para um palhaço de circo. Ela estava tremendo, mas conseguiu dizer tudo o que queria de um modo quase calmo, se levarmos em conta a sua ira. Era evidente que ela esperara durante anos para dizer aquelas palavras e sabia que o dia em que teria a oportunidade de dizê-las havia chegado. O tom era de cântico. Poderia estar recitando um salmo:

— Eles nos evitaram por quase quinze anos.

— Eles evitaram os vivos.

— A eles foi garantido o perdão por causa dos mortos.

Então, ela disse bem devagar e sarcasticamente:

— *Das haben sie vergeben! Nur das! Für die Toten. Den Mördern haben sie vergeben!* Isso eles podem perdoar. Só isto.

Eu estava pasmo porque nunca ouvira minha mãe falar alemão antes. Presumira que não falava nada de alemão, com exceção de algumas poucas palavras isoladas. Voltou a falar inglês:

— Eles não têm o direito de fazer isso! Mas não vamos fugir do assunto. Eles são loucos. Todos fazemos concessões. Eles nunca fizeram. — Ela voltou a falar devagar, enunciando cada palavra. — *Deixe que morram por conta própria.*

— Sarah, eles são meus pais! Não vou permitir que você...

Minha mãe interrompeu:

— Você é cego ou não quer enxergar. Estou certa de que eles preferem ser deixados a sós. Eles não pediram que partisse ao encontro deles. O telegrama que mandaram foi apenas uma formalidade. Se você for, vai apenas relembrá-los da maior decepção deles: você!

Dessa vez foi meu pai que ficou pálido. Ele falou bem devagar após uma longa pausa:

— Eles são meus pais. Foram sócios de Deus na minha criação, embora presunçosos e tolos. Eu tenho de ir. Não tenho escolha. Se não vou por outro motivo, vou por minha causa. — Ele olhou para além da janela-gaiola; para fora, onde uma vez estivera a Deusa Asherah. — Eu tenho de ir Sarah. Se não por outro motivo, por mim.

Agora havia lágrimas nos olhos de minha mãe, mas sua voz não vacilou:

— Por você? E o que você tem a dizer sobre *mim*? Já fui suficientemente punida. Quantos *eus* morreram? Quantos *meus* bebês morreram ao longo dos anos? Quantos? Sete? E apenas aquele ali me foi dado manter? — Minha mãe, de repente, apontou para mim, e embora eu estivesse longe da entrada do estúdio, foi como se houvesse recebido um choque elétrico. Até então, eu imaginara que assistia à cena a uma grande distância. Minha mãe continuou, agora mais alto: — O resto eu tive de devolver. Devolver ao mesmo sócio da sua criação! Todos os meus bebês morreram, seus bebês também, os netos deles! Alguma vez eles vieram nos ver? "Lamentamos muito você ter perdido o bebê?" Será que você se deu o trabalho de lhes dizer nas suas cartas sempre cheias de perdão? Alguma vez eles se importaram em saber?

Ambos estavam exaustos, agora, e não disseram mais nada. Minha mãe passou por mim correndo e desceu as escadas. Suas palavras queimavam em meus ouvidos: "E apenas aquele ali me foi dado manter!"

No dia seguinte, meu pai viajou pela primeira vez para a Alemanha. Chegou muitos dias antes de o pai morrer.

Uma noite, antes do regresso de meu pai, alguém tocou a campainha da porta. Minha mãe recebeu o telegrama. Leu a folha amarela e depois a rasgou meticulosamente. Foi até o banheiro do andar térreo, jogou os pedacinhos de papel no vaso sanitário e deu a descarga.

Saiu do banheiro e disse com bastante calma:

— Bem, seu pai está voltando amanhã, duas semanas depois que partiu. Chegará de avião a Detroit, via Nova York.

Na manhã seguinte, dia da volta do meu pai de Frankfurt, minha mãe pegou o trem para Toronto. Eu estava na escola e nem a vi fazer a mala. Deve ter feito isso depois que saí. Na noite anterior, quando recebeu o telegrama, e de manhã, durante o café, se comportara do mesmo modo reservado que demonstrara durante toda a ausência de meu pai. Durante a ausência dele, também, ela mal falou uma frase inteira comigo, exceto quando recebeu o telegrama e anunciou o regresso de meu pai.

Quando retornei a casa após a escola, Berenice me esperava na sala de estar. Embora minha mãe mantivesse a casa limpíssima, ela fingiu que ajeitava alguma coisa aqui e ali.

— Sua mãe foi às pressas para Toronto. Precisava passar algum tempo sozinha. Não se preocupe. Conheço a minha Sarah e sei que logo ela estará de volta. Ela ama tanto o seu pai. Sabe que não pode fazer nada para mudar isso. Ele é um homem tão maravilhoso. De qualquer modo, seu pai estará em casa hoje à noite, de volta de uma viagem longa e cansativa. Vamos tentar, portanto, fazer tudo para que ele se sinta bem. Você quer ir comigo e Bernhard ao aeroporto? Acho que seu pai gostaria de vê-lo.

Eu disse que iria.

Quando meu pai apareceu no portão havia uma senhora alta e idosa com ele. Era magra, usava uma elegante saia bem-talhada e uma jaqueta sobre uma blusa azul de babados. Movia-se com muita graça ao lado dele. Tinha cabelos brancos bem penteados. Seus olhos eram azuis.

Era a minha avó. Meu pai nos viu e vimos quando nos apontou para ela. Ela não estava sorrindo.

Quando se aproximaram, ouvi-a dizer para meu pai:

— *Er sieht nicht krank aus.*

Meu pai respondeu em inglês e nunca sua voz me soou tão exasperada:

— Por favor, Charlotte. — Fiquei surpreso ao vê-lo dirigir-se a ela pelo primeiro nome que pronunciou do modo alemão, quebrando a palavra em três sílabas. — Já lhe disse mil vezes que Alexander entende várias línguas e já lhe disse mil vezes também que ele não está doente.

Minha avó desviou o olhar do dele.

Minha avó foi apresentada a Cantor e Berenice, e estendeu a mão para eles. A mão era delgada, tinha rugas muito finas e as unhas, curtas para uma mulher, discretamente manicuradas. Cantor e Berenice pareceram genuinamente surpresos ao se darem conta de quem ela era. Era óbvio que minha mãe não dissera a Berenice, como não me dissera, todo o conteúdo do telegrama. Não contara a Berenice que a mãe do seu marido chegaria com ele — a verdadeira razão da sua partida para Toronto.

— *Es freut mich sehr* — disse a minha avó. — Meu filho me falou muito sobre a grande amizade de vocês.

Ela me estendeu a mão.

— Aryeh Alexander, o mesmo nome do meu pai. Você é como ele? — Ela não me deu uma chance para responder. — Era um aventureiro. Gostava de viajar. Não se importava muito com as coisas. Com ele era viajar, viajar, viajar. Seu pai me disse que você é muito inteligente e que vai concluir o curso de ensino médio dois anos antes do tempo. Suponho que isso seja possível nesse país cheio de permissividades.

Meu pai perguntou:

— Onde está Sarah?

Berenice informou:

— Teve de ir para Toronto.

— Toronto!

Berenice o pegou pelo braço e se afastou uns dois metros com ele.

— Ela precisa de um tempo, um pouco de tempo.

Minha avó ergueu as sobrancelhas.

No dia seguinte, meu pai apanhou o trem para Toronto. Enquanto eu estava na escola, Berenice levou minha avó para um pequeno passeio por Windsor. Depois, atravessaram o túnel e foram até a parte baixa de Detroit. Minha avó comprou alguns vestidos escuros e um par de sapatos ortopédicos.

Naquela noite, enquanto meu pai se mantinha em Toronto, eu e minha avó fomos jantar na casa de Berenice.

Cantor perguntou a ela se havia gostado do passeio a Detroit.

— Sua esposa foi muito generosa com seu tempo. Mas devo dizer que Detroit é um lugar tão incivilizado. Para dizer a verdade, fiquei com medo do povo. Embora, é claro, não dissesse nada.

— Oh, Sarah e eu gostamos muito — exclamou Berenice. — Pensei que a senhora houvesse gostado das lojas e do *shopping center*.

— De onde viemos — disse minha avó, olhos sérios em Berenice —, meu marido e eu éramos tratados com deferência. — Voltou-se para Cantor. — O jantar que o senhor preparou está delicioso. Dá para se notar que vem da Elssas — usou o nome alemão Elsass em vez de Alsácia Francesa —, pois combina os elementos de várias cozinhas sofisticadas.

Cantor agradeceu aos cumprimentos:

— Sim, madame, a Alsácia é famosa por sua cozinha. Por favor, me perdoe, mas preciso deitar um pouco. Não estou me sentindo muito bem.

Com essas palavras, ele deixou a mesa.

Minha avó disse:

— Acho que está na hora de voltarmos para a casa dos seus pais, Alexander. É aqui do lado, não é mesmo?

Foi a primeira vez que se dirigira a mim desde a sua chegada ao aeroporto.

Antes de entrar no quarto de hóspedes e se recolher, minha avó disse:

— Não foi minha idéia vir até aqui. Foi idéia dele, e foi um outro erro. Tenho a minha própria vida. Não sou uma velha desamparada que não sabe cuidar de si. E eu quero voltar para casa.

Olhou para mim por um momento como se tentasse descobrir se eu havia entendido o que dissera.

— Casa, para mim, será sempre o lugar onde eu e meu marido crescemos, onde aprendemos a falar, onde está a nossa cultura. Espero que você possa entender isso, Aryeh Alexander. E a sua casa é aqui, com seus pais. Você é feliz?

— Sou.

— Bem, é bom ouvir isso. *Gute Nacht*, Aryeh Alexander.

E ela fechou a porta.

No dia seguinte meu pai voltou para Windsor. Minha mãe não estava com ele, que no entanto me garantiu:

— A sua mãe voltará logo. A vovó está voltando para a Alemanha amanhã. De qualquer modo, ela não gosta muito daqui.

Não testemunhei nenhum discussão entre minha avó e meu pai sobre esse assunto. Durante o resto da sua curta estada, minha avó permaneceu em seu quarto. Meu pai levou seu jantar numa bandeja. Eis tudo o que ele me disse enquanto jantávamos na cozinha:

— Vovó tem uma bela casinha em Frankfurt. Tem muitos

amigos e uma senhora que vem para ajudá-la três vezes por semana. Ela tem até mesmo a sua própria "Gaiola".

Na manhã seguinte, meu pai levou minha avó para o aeroporto de Detroit.

— Adeus, Aryeh Alexander — disse antes de deixar a casa. Só isso. Beijou-me levemente nos dois lados do rosto. Não olhou para trás quando passou pela porta da frente.

Minha mãe retornou de trem de Toronto naquela mesma noite.

Houston

Não vimos Marla e sua mãe por muitos anos. Nunca mais foram às cerimônias na sinagoga, nunca mais sentaram-se no fundo e saíram antes do término do serviço religioso.

À noite, depois que Eva Moore deixou de comparecer ao chá, Berenice telefonou para a mãe de Marla. Desculpou-se por ter dado esperanças à menina, apenas para que ela as visse afundar.

— Me sinto horrível. Eu só tentei ajudar, sra. Cook. Queria fazer uma coisa bonita para Marla.

— Não tem do que se desculpar, sra. Seidengarn — disse a sra. Cook. — Marla espera muito e é natural que depois fique desapontada. Não acho que seja justo ela sofrer tanto, mas o que se pode fazer? Não entendo por que Deus a pune tanto. Ela não fez nada de errado. Eu vivo tentando fazer as coisas certas para compensar o passado, mas sei que estou me iludindo.

— Há alguma coisa que eu possa fazer? — perguntou Berenice.

— De vez em quando, ao pensar nela, faça uma oração ao seu Deus. Por favor, peça a ele que seja menos rude. Minha Marla é uma inocente.

Como meu pai disse à minha avó, eu deveria concluir o ensino médio com dois anos de antecedência. Na primavera do meu último ano, eu ainda ia fazer dezesseis anos. Já havia sido aceito na Universidade de Toronto e na McGill.

Um dia, meu pai soube da sra. Cook. Ela telefonara de Houston.

— Desculpe incomodá-lo, rabino, mas tenho um favor a lhe pedir. Marla está aqui no Hospital Infantil do Texas. Ela não está bem. Não pára de perguntar pelo seu filho. Será que o senhor deixaria que ele a visitasse? Claro que as despesas são por minha conta. O senhor acha que ele se incomodaria? Ela tem tão poucos amigos íntimos.

— Marla Cook está muito doente — disse meu pai quando voltei da escola. — Ela gostaria de vê-lo. Veja como podemos causar impacto nas pessoas, sem mesmo nos darmos conta. Você deve ter sido muito gentil nos poucos momentos em que estiveram juntos, pois ela insiste em vê-lo.

Alguns dias depois, meus pais me levaram ao aeroporto para

apanhar o avião que me conduziria a Houston. Minha mãe passou as passagens em revista comigo, explicando-me como achar a conexão em Chicago.

— Estou orgulhosa de você por fazer este *mitzvah*. Você é mais forte do que eu. Eu jamais poderia encarar aquela menina infeliz outra vez.

Antes de eu entrar no avião, minha mãe pediu à aeromoça que mantivesse um olho em mim durante o vôo.

A sra. Cook esperava no aeroporto de Houston. Vestida de preto, ela me pareceu a mesma daquele dia de Rosh Hashanah quando Marla deu o colar a Hannalore, e eu pude vê-la de perto.

— Como foi o vôo?

— Bom.

— Obrigada por ter vindo. Marla também está muito agradecida.

O dia estava quente embora fosse apenas março. O ar era denso e tinha o aroma de árvores floridas. Uma limusine que esperava por nós do lado de fora do terminal, nos levou diretamente ao Hospital Infantil do Texas.

Marla estava num quarto isolado, só para ela, deitada na cama, recostada em travesseiros altos. Tinha uma máscara de oxigênio no rosto e pediu à enfermeira que a retirasse assim que entrei no quarto.

A enfermeira hesitou.

— Eu disse para tirar a máscara do meu rosto! Agora! Vou sobreviver sem ela por algum tempo. Ou devo prender a respiração como uma criança? Se isso acontecer, eu vou morrer e você não será paga!

Durante essa explosão, o corpo de Marla, com exceção das expressões da sua face, praticamente não se moveu. Ela estava maquiada. Com grande esforço afastou para um lado a colcha e lençol, muito leves e alvos, que cobriam seu corpo. Marla não vestia roupa de hospital, mas o mesmo vestido com o qual sempre a vira quando ia a alguma festa ou posava para alguma foto. Era de veludo azul com laçarotes de cetim branco nas mangas bufantes. Na testa, tinha uma gema preciosa com armação de prata. A jóia maravilhosa parecia estranha, amarrada a uma estreita faixa vermelha que envolvia a testa de Marla.

— Alô, sra. Lot.

Mesmo praticamente imóvel na cama, ela dava a impressão de que andava em círculos à minha volta, inspecionando-me, ora com um olho, ora com o outro; do mesmo modo como nos arrebanhara na frente da casa de Berenice muitos anos atrás.

— Alô, Marla! Como vai você?

Não gostei de ser chamado de sra. Lot, especialmente na frente de estranhos, como era o caso da enfermeira sentada ao lado da cama.

— Você gosta da minha safira? Pertenceu a uma falecida baronesa de ascendência russa que se viu em complicações financeiras. Oh, os problemas que esta jóia já testemunhou! Salvou a vida da baronesa. Ela a vendeu, e assim comprou sua ida para o Canadá. De qualquer modo, ela morreu. Morreu de coração partido. O coração partiu ao se ver pobre, embora viva. Se você quiser, acho que ela foi uma ingrata. Merecia morrer. Você cobiça esta jóia?

— Eu não. Por que deveria?

— Bem, você não deveria. "Não cobiçar", lembra-se? Eu poderia dá-la de presente por ter vindo me visitar, mas ela só é apropriada para uma debutante ou uma dama aristocrata. Você é debutante ou dama da aristocracia?

De repente, um grupo de médicos, quase uma dúzia, entrou no quarto. Eram liderados por um médico mais velho.

— Eis o rei Salomão — disse Marla para mim.

Ela olhou cuidadosamente para o médico mais velho, focalizando-o com um dos olhos e depois com outro. Era um homem bonito, de cabelos louros, parcialmente grisalhos. Ela levantou um dos seus bracinhos que pareciam gravetos, num gesto repentino mas que não conseguia esconder sua fraqueza.

— Afortunados os vossos homens, afortunados os vossos servos constantemente à vossa frente, bebendo da vossa sabedoria!

O médico sorriu e respondeu com grande dignidade:

— E a Rainha de Sabá veio até Salomão para desafiá-lo com enigmas. E Salomão respondeu a todas as perguntas da Rainha. Não houve segredo que ele não lhe revelasse.

Marla replicou:

— Oh, mas quando a Rainha de Sabá viu-se frente a frente com toda a sabedoria de Salomão, já não havia mais espírito dentro dela.

Marla respirou fundo antes de continuar:

— Bem, dr. Cooley, estou em firme declínio como o senhor e seus ministros bem sabem. Suponho que semana que vem estarei morta, certo?

Tive a impressão de que o doutor tremeu e seus olhos se umedeceram. Tentou se recompor:

— Não, se eu puder ajudar.

O dr. Cooley, então, voltou-se para mim.

— Oh, Sabá, é este o belo cavalheiro de quem me falaste? Ele é tão bonito quanto o descreveste.

Não. *Isto* é a sra. Lot que certa vez encontrei transformada numa estátua de sal, mas, ao contrário do que acontece comigo, logo se recuperou da bizarra aflição e hoje se move quase sem restrições.

Senti que minhas faces devem ter corado com todos no quarto me inspecionando. Baixei a cabeça para não vê-los.

Ouvi a sra. Cook dizer:

— Dr. Cooley, poderia falar em particular com o senhor por alguns minutos? Marla, Alexander, por favor nos dêem licença.

Quando ergui os olhos, vi o dr. Cooley e sua *entourage* deixando o quarto seguidos pela sra. Cook.

Marla olhou-me com o olho oposto ao que tinha usado para ver o dr. Cooley.

— Estão discutindo sobre os preparativos do meu funeral, sem dúvida alguma. Espero que você compareça. Planejei uma coisa absolutamente tocante. Será que Cantor poderia entoar alguma coisa doce e triste? Coisa de grande feriado religioso?

Mais tarde, quando estávamos a sós no solário do hospital, a sra. Cook se desculpou.

— Marla diz coisas cruéis, mas não as sente realmente. O que acontece é que ela não pode se conter. É o modo de ela lidar com a sua vida infeliz. Mas eu sei que em você ela encontrou um amigo. A maioria das pessoas não entende que podemos ver algumas pessoas por breves períodos durante toda uma vida e ainda assim nos tornarmos amigos para a eternidade. — Suavemente, a sra. Cook pousou a mão em meu ombro. — Marla foi atraída pela sua alma, Alexander. O seu povo tem as almas mais vívidas e deslumbrantes. Uma vez que Marla sempre viveu tão próxima do outro mundo, onde só existem almas, ela é capaz de ver e amar a sua.

A sra. Cook perguntou se poderíamos nos sentar por um momento. Ficamos frente a frente sentados em duas cadeiras forradas de vinil. Olhou à sua volta. Estávamos sozinhos.

— Alexander, meu falecido marido tentou salvar gente do seu povo. Viajou pela Europa com um passaporte suíço falsificado, servindo como intermediário, por assim dizer. Ele me disse que as coisas muitas vezes não saíam como planejadas, as negociações, as permutas, os vistos. Sempre acreditei nele, mas não sei mais em que acreditar. Na verdade, não sei o que ele fez. Meu marido adquiriu muitos tesouros do seu povo e suponho que por isso Deus esteja irado conosco. Mas não compreendo por que Marla deve sofrer. Por que Marla? Ela é inocente. Ela não sabe de nada. Ela apenas imagina coisas. Ela não era nem nascida.

Retornei a Windsor no dia seguinte. No aeroporto, a sra. Cook disse que jamais esqueceria a minha bondade e gentileza.

— Não acho que ela viverá mais uma semana. Ela não quer

que eu a enterre e nem quer uma lápide. Quer ser cremada. Você acha que isso está certo? Eu acho terrível, você não acha?

Disse a ela que não sabia.

Quando acabei de repetir isso para Berenice e minha mãe no trajeto do aeroporto de Detroit para casa, as duas começaram a chorar. Nunca lhes disse nada sobre o falecido marido da sra. Cook. Berenice, que estava dirigindo, estacionou no acostamento. Minha mãe, que sempre vira Marla com medo e aversão, chorou sem qualquer controle. Para se acalmar, começou a recitar salmos que sabia de memória. Ela rezou alto mas de modo suave, voz quebradiça e melancólica; a voz de algo que se rompia:

— "Ele transforma a tempestade em calmaria, torna serenas as ondas violentas... e os leva para o porto almejado."

Quando finalmente chegamos em casa, meu pai veio até a porta. Enquanto Berenice e minha mãe iam ao aeroporto para me apanhar, a sra. Cook telefonara informando que Marla havia morrido.

Não fomos à missa de manhã cedo, em intenção à alma de Marla, na igreja de Walkerville, pois mesmo numa triste ocasião como aquela meu pai não julgou que fosse apropriado.

— Eles têm suas crenças e nós temos as nossas — disse meu pai. — Falei com a sra. Cook e ela compreendeu. — Então, ele disse com reverência, usando o mesmo tom que usara para narrar seu encontro com a Rainha, anos antes: — A sra. Cook é uma grande dama.

Encontramo-nos com a sra. Cook e cerca de vinte acompanhantes que vinham da missa, nas docas do Iate Clube de Windsor. De lá, seguimos em vários pequenos veleiros para a ilha Peche, um área preservada da natureza na desembocadura do rio Detroit no lago Saint Clair. A distância, podíamos ver que a vegetação da ilha começava a enverdecer graças ao clima de princípio da primavera. A sra. Cook pediu a meus pais, a Berenice, a mim e a Cantor que nos juntássemos a ela em seu barco. Era um belo dia de abril. O sol rompeu as nuvens e começou a brilhar radiantemente. Pequenos retalhos de névoa se alçavam da superfície das águas. Quatro ou cinco barcos, levando outros acompanhantes, seguiam o nosso em digna procissão. Quando nos aproximamos da ilha Peche, a sra. Cook pediu ao piloto que arriasse as velas e deixasse a embarcação à deriva. Os outros veleiros fizeram um meio círculo à volta do nosso. A sra. Cook, de preto, como sempre a vira, levantou-se do banco onde estivera sentada e abriu os braços sobre as águas. Manteve as mãos para cima. Numa delas tinha uma urna. Agora, com as duas mãos, num único gesto, esvaziou a urna que continha as cinzas da sua filha. As cinzas se juntaram como um pilar de nuvens sobre a água. Um brilhante raio de sol atravessou o pilar de nuvens que, por um momento, pareceu pegar fogo. O maravilhoso pilar ficou parado por um breve momento. Hesitou e se afastou vagarosamente do nosso barco. "Não olhe para trás", disse eu. E o pilar desapareceu.

Cantor elevou a voz e entoou uma canção que havia composto para a cerimônia. Era doce e triste como Marla havia desejado.

— Sonhei com esta música ontem à noite. Na ocasião, a melodia me soou familiar, mas não posso dizer se realmente a ouvira antes.

Quando Cantor se levantou e cantou sobre as águas do rio, o fez em hebraico e então em inglês para que a mãe de Marla e sua gente pudessem entender. Sua voz pura e poderosa flutuou sobre a superfície, misturando-se aos remanescentes flocos de névoa. Sua voz se espalhou por todos os barcos em formação de lua crescente e acompanhou Marla na sua última jornada.

"V'atah lech l'kaytz, v'tanuakh...
E vá por vosso caminho, pois deveis
descansar e levantar para receber
a recompensa no fim dos dias."

No trajeto do Iate Clube para casa, todos estavam calados. Meu pai quebrou o silêncio.

— Alexander, você teve o mais maravilhoso gesto de bondade ao ir visitar sua amiga. E essa bondade, de que é feita a verdadeira substância dos anjos, o acompanhará e protegerá, como fazem todas as nossas boas ações, todos os dias de nossas vidas.

Leste de Ashshur

De vez em quando, no passado, tive vagos pensamentos sobre me isolar, me encolher para dentro de mim mesmo. Ao observar aquela época, suponho que já pensava nisso, mesmo quando criança, nas muitas ocasiões que brinquei sozinho em silêncio, contemplando a escuridão infinita do espaço e o meu nome luminoso e celestial.

Sabia que no princípio da Criação Deus realizara o *tzimtzum*. Ele se recolhera para dentro de Si mesmo, contraindo o Seu próprio ser. Dentro de Si mesmo, Ele criara um espaço isolado no qual instalou o Seu universo — uma criação infinita dentro de uma infinidade ainda maior.

Organizou todos os atributos do Seu ser em harmonia na balança tão ingenuamente retratada no incunábulo do meu pai com a Árvore Sefirótica. Sentia que isso era algo que eu precisava fazer.

Quando comecei a pensar na minha necessidade de isolamento, não sabia quando a experiência começaria, por quanto tempo eu seria capaz de suportá-la e que resultados obteria. Era sempre um pensamento meramente articulado. Às vezes, eu apenas fantasiava, como crianças geralmente fazem, uma fuga de casa. Mas ir para onde? Creio que minha caminhada até a estrada de Tecumseh, no dia que as crianças morreram atropeladas, quando me senti controlado por forças alheias a mim mesmo, foi uma tentativa inconsciente dessa fantasia infantil.

Sempre imaginei que saberia o que fazer quando chegasse a hora, se é que ela chegaria algum dia. Às vezes, concluía que essa contração, esse isolamento não ocorreriam jamais. Outras vezes, tinha certeza que suportaria a solidão para sempre. Sabia que existiram santos e ascetas que viveram à parte da sociedade, sozinhos em regiões desertas. Mas eu não queria viver sozinho no deserto, nem ser santo, nem estar mais próximo de Deus ou ser como Ele. No princípio, papai pensou que esta talvez fosse a minha motivação para o rabinato. Minha mãe chegou à conclusão de que eu finalmente começava a ficar louco.

A manhã em que fiz dezesseis anos chegou depois de várias semanas de calor. Sempre celebramos o meu aniversário segundo o calendário hebreu e, naquele ano, meu aniversário andou para trás. Graças às conjunções da Lua, recuou de julho, do meu calendário gregoriano regulado pelo Sol, para certo dia de junho.

Na hora do almoço, Berenice apareceu em casa e perguntou se eu ajudaria Cantor a mudar as palmeiras para o pátio. Anos antes, depois que o tornado destruíra suas amadas árvores no lago, Berenice comprara novas palmeiras e ele começara a cultivá-las imediatamente. Ficara tão desesperado com sua perda naquele verão que queria oficiar a cerimônia de Shiva em homenagem às plantas. Berenice o convenceu a não fazer isso.

— Árvores não são gente, Bernhard! — eu a entreouvi dizendo na época. Falou gentilmente, apesar do seu tamanho enorme. — Não está certo, Bernhard. Árvores não são gente. E Sarah mal acabou de perder seu bebê. Não seria direito.

Embora tivesse apenas pouco mais de quarenta anos, a saúde de Cantor começara a deteriorar rapidamente. Estava bem menos ativo do que antes. Mudara muito desde o funeral de Marla, em março, quando cantou no veleiro que flutuava perto da ilha Peche.

O dr. Desjarlais disse que ele deveria levar a vida com mais calma.

— Todos estamos ficando mais velhos, suponho.

Embora Cantor continuasse a cantar na sinagoga, sua voz perdera seu poder e limpidez. Continuava tentando compor no seu tempo livre. O oratório no qual havia trabalhado durante o verão do confinamento da minha mãe fora completado há muito tempo e estava largado em alguma gaveta. Nunca foi executado. A princípio enviou-o para editores de música e grupos corais pelo país inteiro, mas foi sempre rejeitado. Logo desistiu de continuar tentando.

— Um dia ele será descoberto — Berenice exclamou para mim. — Um dia será descoberto, sem dúvida. É assim que essas coisas acontecem. E então, todo mundo vai dizer: "Oh, é claro, eu conheço a peça. Obra de um gênio." Vivo dizendo isso a Cantor. Significava tanto para ele e para mim também, uma vez que o ajudei. Pela primeira vez, me senti como sua musa. Ele mesmo disse: "Berenice, você será sempre a minha musa."

Na manhã do meu aniversário, Cantor quis me ajudar a mudar as árvores, mas logo ficou claro que ele não tinha forças para tanto. Depois de alguns esforços, limitou-se a me mostrar onde queria que eu as pusesse.

Uma por uma, mudei as árvores da estufa, rolando-as sobre as plataformas com rodinhas. Verifiquei que estava ficando forte, botando corpo. Meus braços se tornavam mais rijos e meus ombros mais largos. Minhas pernas também tinham mais força. Secretamente, tinha a esperança de ficar como Mickey. Se pelo menos eu fosse tão bonito como o Mickey, eu pensava, jamais me sentiria sozinho.

Arranjei as palmeiras em círculo no pátio. Anos antes, quando Berenice as substituiu, ela comprou árvores de tamanho similar às que foram destruídas, para que a perda fosse menos óbvia e dolorosa. Teve muitos problemas, preocupações e despesas ao encomendar as plantas da Flórida, da Califórnia e até de Cuba. Para isso gastou sua pequena herança, sua parte do produto da venda da casa de seus pais em Outremont. Berenice confidenciou para mim:

— Veja que coincidência engraçada. Meu irmão usou sua parte para ajudar a plantar um pomar de tâmaras na Galiléia.

As novas árvores que Berenice comprou depois do tornado floresceram. Algumas logo estariam grandes demais para caber na estufa.

— Acho que você vai ter de mandá-las mesmo para a Sorbonne, afinal de contas — disse a Cantor. Ele riu:

— Logo, logo você terá de ir com elas. Transformou-se num belo rapaz, e está se formando.

— Mas eu não falo francês tão bem quanto eles.

— Berenice lhe ensina.

Nesse momento, Berenice entrou pela porta da cozinha com os meus pais. Organizara um almoço surpresa para o meu aniversário.

— Vejam só! — exclamou Berenice. — Temos até um convidado especial.

Hannalore apareceu na porta e foi com os outros para fora.

Eu não a via há muitos anos, desde que deixara a propriedade dos Ford e se mudara para Key West onde *mademoiselle* Dee Dee lhe garantira que teria mais sorte. Todos imaginamos que ela vivia uma vida de *glamour* numa ilha de artistas, escritores e ricos em geral. Mas agora, como seu irmão, Hannalore também parecia cansada e pálida. Tinha um leve tremor nas mãos que jamais notara antes. Sua cabeça se movia para cima e para baixo o tempo todo, como se respondesse a perguntas continuamente. Ela me deu um leve abraço e beijos que não chegaram a roçar minhas faces. Confesso que o cheiro rançoso de seu hálito me repeliu, mas fiquei educadamente parado. Jamais me beijara ou abraçara quando eu era criança.

— Bem, o nosso *rêveur* certamente cresceu. *Notre petit prince!* — Hannalore continuava a usar a corrente com a cruz de ouro sobre a blusa branca engomada. Sentamos todos à volta da mesa de tampo de vidro do pátio, rodeados pelas palmeiras.

— Está vendo, Hannalore? Igualzinho à Flórida — riu Berenice.

Hannalore sorriu vagamente.

— Sol demais e oceano azul-celeste demais podem ser uma maldição. Quando eu e Bernhard éramos crianças, tínhamos a primavera e o verão, o outono e o inverno. Tenho sentido falta da mudança de estações.

Depois do almoço, Cantor entrou na casa discretamente e voltou com uma torta de chocolate e morangos que havia feito.

— *Voilà, La Suprême* de Hannalore! Você vai me desculpar, Alexander, ter dado o nome de minha irmã à torta do seu aniversário, mas ela veio nos visitar de tão longe. Ainda assim, você deve fazer as honras e soprar as velas.

Depois que fiz isso, Hannalore ficou mais animada. Mordiscou seu pedaço, mas quase não comeu nada.

— Bernhard foi sempre o melhor confeiteiro que já conheci. Sempre foi capaz de fazer qualquer coisa.

— Eu gostaria de cozinhar tão bem quanto Cantor — admitiu minha mãe.

Então, uma vez que já se tornara uma brincadeira particular deles, Hannalore e Cantor acrescentaram:

— E falar francês tão bem quanto Berenice.

Todos riram. Até meu pai e minha mãe que, de mãos dadas, davam uma rara demonstração de afeto em público, se juntaram ao coro quando Cantor e Hannalore disseram: "Berenice, Berenice, *redd wie d'r de schnawel gewache is*. Fale do jeito que teu bico quer."

Após o almoço, uma grande exaustão tomou conta de mim. Agradeci a Berenice e a Cantor, e falei do prazer que tivera com a visita de Hannalore. Depois, me desculpei e fui para o meu quarto tirar uma soneca, coisa que jamais fizera à tarde. O quarto estava muito claro, mas isso não me impediu de cair no sono, vestido como estava. Nunca dormi bem a qualquer hora, mas naquela tarde caí num sono profundo que durou umas três, quatro horas.

Claro que não lembro de tudo que sonhei, mas sabia que havia sonhado muito com muitas coisas. Sonhei como se estivesse alcançando o compasso da minha vida durante o sono. O que eu lembrava era vívido. Vi Marla e seu colar. Suas cinzas voltaram voando, vagarosamente, para as faces de Hannalore e de Cantor, enquanto o barco flutuava perto da ilha Peche. Vi Bijou nos braços de Eva Moore, que lhe dava chá da sua taça. Vi o dr. Cooley vestido como rei Salomão, caminhando por entre um pomar de tâmaras às margens do mar da Galiléia.

Sabia também que durante muito tempo sonhara com Mickey, o filho do nosso médico, voltando para o seu carro no dia do tornado. Sonhei que estava ao seu lado no carro e que ele me levava para ver a minha mãe. Acordado, eu não vira Mickey há muito tempo. Fora para a universidade e vivia agora em Toronto. Meus pais sempre perguntavam ao dr. Desjarlais sobre o seu filho.

— Antes que vocês se dêem conta, irão ver um novo dr. Desjarlais. Então, poderei me aposentar.

Havia acordado há alguns minutos quando notei nas coxas o resíduo úmido da minha ejaculação. Lembrei que vira o corpo de Mickey sob a camisa e as calças ensopadas de chuva. Tirei as roupas e coloquei-as no cesto do banheiro. Tomei um longo banho. Quando retornei ao quarto, botei uma camisa e bermudas limpas. Foi então que comecei a fechar as três janelas venezianas. Desci e me encaminhei até a mesa de costura da minha mãe. Apanhei agulha e linha para costurar as cortinas de modo que não entrasse luz alguma no quarto. Cobri a vidraça do meu banheiro com fita isolante preta que achei numa gaveta da cozinha.

Não queria mais ver a luz do sol. Compreendi que ele tinha um controle exagerado sobre mim. Jogava o tempo sobre mim, seus signos e estações, seus dias e anos. Simultaneamente quebrava esse mesmo tempo, deixando-o desconjuntado, de modo que não fluísse continuamente. Precisava me libertar do sol. Mas, apesar disso, não pretendia viver na escuridão. Tinha muitas lâmpadas no meu quarto e ainda trouxera uma extra da sala de estar.

Quando não apareci para jantar, minha mãe subiu para ver se eu estava bem.

— Você me pareceu muito estranho e cansado na festa do seu aniversário, Alexander.

Ainda havia luz do lado de fora. Ela entrou no quarto e examinou as cortinas, tocando-as levemente com suas mãos delgadas. Quando compreendeu o que eu fizera, pois usara uma linha vermelha para emendar os dois pedaços de cortina azul, ficou pálida e deixou o quarto sem dizer uma palavra.

Meu pai subiu alguns minutos depois.

— O que você fez com as cortinas, Alexander? O sol ainda está claro, e o jantar está pronto.

— *Tzimtzum* — respondi. — Autocontração, recolhimento. O recolhimento de Deus para dentro de Si mesmo a fim de criar um espaço onde poderia instalar o universo físico.

— *Tzimtzum*? Sério? E como você espera conseguir isso? — Parecia genuinamente interessado, mas igualmente intrigado.

— Ainda não sei. Vou ter de ver.

De repente, ele deu uma gargalhada.

— Mas onde há espaço, Alexander? Você agora é um rapaz sólido e saudável.

Apontei para o meu peito e em seguida para a minha cabeça.

Ele parou de rir.

— Quanto tempo você acha que isso vai durar?

— Ainda não sei. Vou ter de ver.

— Mas sua mãe fez o jantar.

— Gostaria de comer no meu quarto.

Meu pai balançou a cabeça em dúvida.

— *Ke haymah alu Ashshur*... Eles subiram para a Assíria, sozinhos como um burro selvagem.

Um pouco depois ele voltou com o meu jantar.

O que fiz no ano em que me internei no meu quarto, supostamente, recolhido em mim mesmo? Como eu era? Lembro de muitas coisas, particularmente no princípio do processo. A maioria do tempo, porém, se me afigura como um borrão, uma névoa. Nas primeiras semanas, essa mancha ficou suspensa pesadamente sobre o meu quarto, como um nevoeiro que não quer se desfazer. É claro, entretanto, que isso era parte do processo. Mas se me pergunto por que fiz aquilo, não posso dar uma única resposta unificada. Estaria eu tentando entender e lidar com meus anseios sexuais? Não, não acredito. Eu já os havia reconhecido há muito tempo. De uma certa forma, não senti vergonha. A vergonha era uma coisa à parte, sem significação para o que eu estava fazendo.

Nos primeiros dias, minha mãe se forçou a me visitar todas as tardes. Raramente, tinha alguma coisa de positivo para dizer. Ela pretendia parecer animada, mas isso era claramente difícil para ela. Sempre fora uma mulher muito séria. Acredito que tenha tentado, embora sem sucesso e por pouco tempo, acreditar na paciência do meu pai para comigo, na sua aparente falta de preocupação. Ela mencionava pessoas que conhecíamos e o que elas andavam fazendo.

— Hannalore decidiu ficar em Windsor até o fim de julho. Está se sentindo muito só na Flórida. E é tão quente por lá no verão. Falou para nós que guardou o colar num cofre de um banco. Realmente, vale uma pequena fortuna. As esmeraldas têm quinze quilates, e os rubis, vinte. No passado, certamente, pertenceu a algum membro da realeza.

Ontem, eu e Berenice levamos Hannalore para Grosse Pointe. Ela queria ver *mademoiselle* Dee Dee novamente, mas, quando chegamos lá, nos disseram que ela falecera no ano passado. Você se lembra dela? Eu o levei uma vez para conhecê-la. Ela já era idosa. Seu pai ficou muito zangado comigo na ocasião.

Minha mãe tentava me reintegrar ao mundo outra vez. Por alguns poucos dias, tentou me envolver em similares conversas inúteis, embora eu apenas respondesse com gestos breves e monossílabos. Então, um dia, ela não agüentou e falou comigo com os olhos cheios de lágrimas:

— Berenice nunca teve um filho, mas sempre tem um sorriso nos lábios. Ela nunca se lamenta. Nem mesmo agora, que Cantor está doente. Ela diz sempre para eu contar as minhas bênçãos... Eu tento, a maior parte do tempo, tento de verdade... mas talvez isso não seja o bastante. Talvez eu nunca tenha sido suficientemente agradecida...

— E eu sou a sua punição.

— Não, Alexander, não! Não foi isso que eu quis dizer!

Mas eu sabia. Suas visitas ao meu quarto cessaram depois disso.

No começo, Berenice vinha me visitar. Isso continuou durante um breve período, pois Cantor ficou gravemente enfermo em julho.

— Você tem certeza de que não está deprimido?

Era difícil responder.

— Eu estou bem, Berenice, sério!

— Às vezes essas coisas acontecem com adolescentes. É uma época difícil. É duro descobrir quem se é, o que se quer fazer. Depressão não é algo de que nos envergonhar. Quando eu era...

— Estou bem, Berenice. Não estou deprimido. — Olhei nos olhos dela. — E também não tenho vergonha de nada.

— Bem, Alexander, se você pensa assim, acredito em você. Apenas, não entendo.

Depois de muitos dias, ao verificar que meu isolamento era para valer, meu pai insistiu em me dar um pequeno aparelho de ar condicionado.

— Não se preocupe, não vou deixar entrar luz alguma. É que faz mal para a saúde ficar o tempo todo com tão pouco ar.

Eu mantinha meu quarto meticulosamente limpo e isso me levava um bocado do meu tempo. Varria o assoalho assim que acordava. Uma vez por dia, esfregava a pia, o boxe do banheiro, o vaso sanitário. Tirava o pó de todas as superfícies do quarto: minha escrivaninha, os parapeitos das janelas, a mesa-de-cabeceira da cama.

À noite, quando o sol não reinava, eu fazia incursões na casa, principalmente à biblioteca do meu pai. Todas as noites, durante a primeira semana do meu retiro, eu tirava o livro do meu bisavô do seu sarcófago de vidro, virando a pequenina chave na miniatura de fechadura de prata. Nunca antes havia tentado ler o que ele escrevera.

Primeiro, tive de lutar com a escrita gótica, mas fui capaz de decifrar o texto, graças ao compêndio do meu pai. Era um texto tedioso, uma vez que muitas das cartas eram praticamente idênticas. Vagarosamente, fui traduzindo o alemão para o inglês moderno num bloco, até me acostumar com as letras antigas. No dicionário descobri os significados de muitas palavras e expressões em desuso.

Para o que era — um livro nada acadêmico e absorvido em si mesmo, conforme descobri surpreso —, exigira um grande esforço. Meu bisavô deixara a mulher e uma filha de três anos — a mãe de meu pai — por uma causa nobre, como fazia pensar o título: seguir as pegadas de Abraão. Mas sua magra narrativa em formal alemão erudito estava mais preocupada com a tempestuosa viagem de navio de Hamburgo a Tiro e — conforme ele colocou delicadamente — com a sua *Verdauungsstörung*, ou seja, indigestão. Sofreu ainda uma série de desconfortos em terra, do deserto assírio, passando pela antiga cidade de Palmira, até o Eufrates. Outras humilhações esperavam por ele quando desceu de navio o miasmático rio na *entourage* de um príncipe bárbaro que, apesar da sua figura imponente e bela, metia o dedo no nariz em público e não ficava até o fim das suas aulas.

Embora meu bisavô houvesse testemunhado muitos costumes estranhos de povos locais, não se deteve em sua descrição. Discutiu muito pouco a esplêndida geografia que se espalhava à sua frente, os cenários das antigas cidades, ou as academias da Babilônia que tanto fascinavam meu pai. E, depois do título, não há mais nenhuma referência a Abraão em todo o livro!

Graças à leitura do livro do meu bisavô, melhorei minha gramática alemã, particularmente as formas dativa e genitiva. Depois disso, me obriguei à tarefa de estudar o hebraico e a língua ugarítica, precursora dos dialetos de Kana'anite. Meu pai estudara um texto introdutório do famoso *scholar* Cassuto sobre a Deusa Anat, e eu ensinei a mim mesmo os sinais cuneiformes que se transformam numa variedade de pequenas constelações. Se era verdade que Deus criara o mundo de palavras, eu estava determinado, como meu pai o estivera, a descobrir de onde vinham essas palavras. Meu pai deve ter notado que apanhei da estante este livro de linguagem cuneiforme. Talvez eu o tenha recolocado no lugar errado. Na noite seguinte, encontrei na sua mesa uma nova edição com uma coleção de fotos das tábuas de Ras Shamrah descobertas por Villoreaud, o mais completo texto conhecido dos mitos ugaríticos. Decifrei a história fragmentada dos deuses antigos: Mot, Asherah, Baal e Anat, sua irmã guerreira. Também li um livro que chamou a atenção dos meus vigilantes olhos noturnos: *A Física e a Lei da Termodinâmica*, que meu pai tinha em sua biblioteca.

Eventualmente, e suponho que de forma inevitável, me transformei num objeto de estudo. Todas as manhãs, durante a aurora, eu fechava a porta do quarto, ia ao banheiro e tomava um longo banho de chuveiro. Então, de pé, eu estudava cuidadosamente no espelho a embalagem da minha alma. Estudava cada centímetro quadrado da minha pele com a ajuda de uma lupa, e examinava as minhas costas com a ajuda adicional de um espelho menor. Senti e acariciei cada músculo e osso palpável. Na enciclopédia, li sobre o que via ou sobre o que pensava que via. Investiguei além da mera superfície sensual da anatomia: abaixo da pele e os contornos de músculos e ossos. Li sobre as artérias irrigadoras e sobre as veias que correm por todo o nosso corpo. Tentei imaginar essa grande onda de fluidos que banha continuamente nossos eus corporais, como nossa verdadeira essência.

Comecei a ler sobre o cérebro. Estudei as seis camadas de células do córtex cerebral, a geografia da sua superfície, juntamente com os nomes das convulsões e fissuras. Uma noite, deixei uma estreita tira de papel colorido para marcar o lugar que estava lendo, entre as páginas do cerebelo e dos hemisférios cerebrais. Na noite seguinte, encontrei sobre o parapeito da "Gaiola" vários textos relacionados a esses tópicos; livros sobre neuroanatomia e neurofisiologia que meu pai apanhara para mim na Biblioteca Pública. Sempre que um assunto me interessava, deixava outra tira de papel num livro e na noite seguinte encontrava material correlato no parapeito da gaiola.

Nunca discutimos esse estranho diálogo através de uma tira de papel — informação requisitada e livros fornecidos — durante o ritual de visitas vespertinas que meu pai começara a fazer ao meu quarto. Meu pai nunca se referia ao nosso diálogo e eu raramente falava. Acredito que isso deu ao meu pai tempo e paciência para ver através de mim durante o meu isolamento. Se eu estava lendo e aprendendo, ele devia acreditar, certamente retornaria a salvo para o mundo ensolarado do dia-a-dia.

Passei a maior parte de julho lendo sobre as trilhas que flutuam da superfície do cérebro à superfície do corpo, aos limites do seu próprio pequeno universo, na fronteira com o desconhecido. Pensei poder ver a grande malha axonal que abriga as nossas almas e urde os nossos sonhos.

Desse modo preenchia meus dias e noites. Desenvolvera uma rotina. Comecei a dormir apenas quando estava cansado, geralmente durante o dia, logo depois do meu banho de chuveiro e da minha auto-análise corporal. Acordava quase à tardinha, quando meu pai vinha me visitar. À noite, eu lia.

Tive muitos sonhos estranhos naquele ano e os anotei num bloco. Meu livro de sonhos era escrito em meu próprio código, o ugarítico lido de trás para a frente, que hoje nem eu mesmo sei ler, para evitar que meus pais o decifrassem. Às vezes, sonhava que estava preso num espaço escuro, mantendo uma porta fechada com todas as minhas forças, enquanto cães danados e animais repelentes esperavam do outro lado para me atacar. O espaço começava a ficar sem ar e eu era obrigado a correr para fora, ocasião em que acordava todo suado e lutando para respirar. Outras vezes sonharia com Mickey e ele me abraçaria apertado:

— Não se preocupe — diria, beijando-me suavemente e explorando partes do meu corpo que eu havia descoberto através das minhas leituras. — Não se preocupe, meu pai disse que a mulher do rabino vai ficar bem.... Eu o amo... Você é um homem maravilhoso.

Sempre que sonhava com Mickey, ejaculava e acordava molhado entre as coxas. Nessas ocasiões, eu me levantava e tomava um longo banho de chuveiro. Ainda hoje, quando penso nesses sonhos, não sinto vergonha alguma.

Uma tarde, enquanto eu dormia, minha mãe bateu com força na porta do meu quarto.

— A sra. Cook está aqui, Alexander. Por favor, acorde e se vista.

Vesti-me rapidamente e fiquei parado no umbral da porta. Não via a sra. Cook há meses, desde o funeral de Marla. Não mudara nada e estava vestida de preto como sempre. Tinha até o mesmo colar de pérolas em volta do pescoço.

— Marla veio a mim três vezes na semana passada, sempre sussurrando ao meu ouvido. Minha filha continua insistente na morte como o era em vida. Pediu-me que lhe desse isto.

A sra. Cook me estendeu um estojo de veludo azul. Olhou intensamente para mim enquanto eu o abria. Dentro havia uma grande safira com armação de prata, aquela que Marla usara na testa ligada a uma faixa vermelha que lhe envolvia a cabeça, quando a visitei no Hospital Infantil do Texas.

— Não sei por que queria tanto que você tivesse isso, logo agora, mas foi o que ela me pediu. Isso demonstra que continua tendo uma alma muito generosa. Se você lhe agradecer, tenho certeza de que ela ouvirá.

— Obrigado, Marla — disse para que a sra. Cook pudesse me ouvir. — Muito obrigado.

Por um momento cheguei a pensar em perguntar à sra. Cook se aquela belíssima jóia realmente salvara uma vida ou talvez muitas, mas decidi não dizer mais nada. Talvez tivesse medo de descobrir que a jóia não salvara ninguém, e eu não queria acreditar nisso.

Uso a safira até hoje, mesmo quando tomo banho, amarrada ao meu pescoço por uma simples corrente.

Crown Heights

Não sei quando meu pai começou seu "magnum opus", seu "zigurate de areia", como não sei precisamente quando começou a preocupação obsessiva de minha mãe para comigo. Certamente, ele começou a pensar sobre esse imenso trabalho antes de eu ter consciência de mim mesmo. O trabalho sempre esteve presente durante toda a minha infância em suas múltiplas manifestações e potencialidades: o grande mapa na parede do estúdio com suas bandeirinhas coloridas e linhas marcando as corrente dos rios, os inúmeros volumes e tomos, os cadernos de anotações, a correspondência exótica e até mesmo a Árvore Sefirótica.

Não sei se havia alguma ligação entre as obsessões independentes de meus pais: os medos incontroláveis de minha mãe e os irrespondíveis ideais intelectuais e espirituais do meu pai.

Será que o dono de uma obsessão atrai outra? Talvez eu me inclue por chamar de associação, ou o que quer que seja, ou sinta isso como um fio que não consegui encontrar. Há tempo não tenho nenhum deles para perguntar.

O que sei é que meu pai jamais foi capaz de terminar nenhum dos seus livros, talvez porque voltasse o tempo todo às suas fontes e não ficasse nunca satisfeito; estava sempre reexaminando e reavaliando suas teorias principais.

Acabei por acreditar que esse processo infinito e improdutivo, em si mesmo, tomara o lugar do seu objetivo original, fosse ele qual fosse; usurpara o propósito real da sua pesquisa. Seus outros interesses assoberbantes, a estrutura da Cabeça de Deus, a primordial língua de Ur — *Ursprache* — que teria permitido a criação do Universo, e sua necessidade de unificar suas várias idéias e teorias, serviam apenas para confundi-lo ainda mais, para mantê-lo afastado dos seus objetivos verdadeiros. Surpreende-me o fato de que, apesar de tudo isso, apesar de todas as suas excentricidades de pensamento e pesquisa, ele jamais tenha enlouquecido. Ele não se comportava como um homem raivoso e frustrado; um Fausto contemporâneo. De qualquer forma, chegou a publicar vários artigos, e creio que foi isso que manteve a sua sanidade. Até o fim, meu pai foi a força mais estável da minha vida.

Embora meu pai não conseguisse integrar seus anseios e dirigi-los ao conhecimento do incognoscível, ele tentou explicá-los para mim nas nossas conversas diárias, ou melhor, nos monólogos que proferia durante a minha mudança interior e minha rejeição ao domínio do tempo solar. Ele viu o que se passava comigo e tentou me alcançar. Talvez ele mesmo tivesse dificuldades similares às minhas, embora nunca as houvesse mencionado diretamente.

Durante a primeira semana do meu *tzimtzum* e do meu recolhimento ao quarto, quando compreendeu que estava determinado a ficar lá, meu pai passou a me visitar todas as tardes. Suponho que essas visitas eram suas tentativas de formular uma terapia para mim. Acreditava, sem dúvida, que falar sobre o trabalho de sua vida aplacaria a minha situação; aplacaria qualquer praga que me houvesse acometido. Talvez, pois ele também não sabia sobre que outra coisa falar.

No começo da minha reclusão ele me disse uma vez, uma única vez:

— Sua mãe acha que deveríamos mandá-lo a uma instituição onde poderia ser tratado e melhorar. Eu não concordo com ela. Não acredito em doutores da mente e seus métodos sem prova empírica. Não creio que você esteja realmente enfermo. Sua mãe sempre teve medos incontroláveis. — Ele sorriu. — Não que você já não tenha notado, mas ela aprendeu a se controlar sem a ajuda desses médicos e seus danosos "tratamentos". De qualquer forma, Alexander, uma vez que você continua sendo um ser racional, precisa achar a saída por si mesmo, no seu próprio ritmo.

Meu pai explicou muitas coisas durante suas visitas. Uma tarde, ele falou entusiasmado:

— O que importa não é a localização de cidade ou a localização física de uma pessoa. Digo isso porque me parece claro que o espaço físico é apenas uma função temporária; uma função do contínuo movimento da terra nos céus através da galáxia. O lugar, Alexander, é uma ilusão, é a manifestação da imaginação de Deus, e uma função do Tempo. Na medida em que você crescer, talvez descubra que Windsor será um lugar diferente do que é agora. — Um pouco de saliva formou-se num canto da sua boca. — Nós seremos gente diferente do que somos agora. Porque nós nada mais somos que espaço dentro de cápsulas, embalagens das nossas almas.

Várias vezes ele repetiu sua teoria de tempo e lugar, para cuja criação muito pediu emprestado dos textos cabalísticos e dos seus conhecimentos de física. Eventualmente, falava em voz baixa. Não a voz clara e bem modulada, não a voz cativante que sempre conduzia seu sermão pelo grande santuário da nossa sinagoga. Sentado ao lado da minha cama, sua voz era quase um sussurro:

— Se o tempo fosse abolido, não só o espaço seria abolido, mas também as leis da termodinâmica e o próprio Deus. Vai daí, é claro, que nada disso acontecerá nunca. É o conhecimento disso, a certeza disso, que não me faz desistir; faz com que eu continue. A compreensão disso é especialmente importante para nós, Alexander, e especialmente nesses lugares onde vivemos atualmente. Esses lugares que de uma certa forma continuam a nos meter medo. Não será isso parte do que o mantém aqui no quarto?

— Não.

Ele não prestou atenção à minha resposta e continuou seu discurso:

— Nossos antepassados, por mais estranho que pareça — e isso, acredito, é a verdadeira raiz do problema da humanidade —, não vieram originalmente de Canaã nem de uma Jerusalém terrena, mas do distante Eufrates com sua fonte no Éden; vieram de uma terra impossível, primordial e remota. Isso não podemos esquecer, do mesmo modo que também não podemos voltar para lá outra vez. Acho que é este o fato que nos aflige até hoje.

No meio do verão, na sexta ou sétima semana do meu retiro, meu pai me levou a uma peregrinação. Na verdade, foi isso que ele disse, peregrinação. Com exceção dessa excursão e poucas outras ocasiões notáveis, permaneci no meu quarto na nossa casa, por quase um ano. Somente quando meus pais já haviam adormecido é que eu me aventurava para fora do meu quarto. Antes de ir à biblioteca de meu pai, eu olhava para fora de todas as janelas da casa; olhava para os contornos noturnos da nossa vizinhança. A noite junta tudo.

Aprendi a observar e a gostar da lua. A lua me maravilhava e confortava. Ela muda a si mesma vagarosamente no seu próprio espaço. Ela cresce, se alarga, se agiganta para depois gradualmente diminuir, se encolher e desaparecer. Em sua profunda humildade, ela imita as marés que governa.

Quando eu era mais jovem, meu pai me explicou a triste sina da lua:

— No começo, a lua era tão brilhante quanto o sol. Juntos, deixavam o mundo atônito com a sua luz. Mas a lua se queixou a Deus: "Como dois podem governar os céus?" Então Deus puniu a lua e fez com que governasse apenas a noite.

— E as estrelas?

— Deus se arrependeu de ter punido a lua e distribuiu as estrelas, suas serviçais, para acalmá-la.

Não esperava que minha situação, meu isolamento, meu retiro durassem para sempre, mas estava determinado a agüentar o tempo que fosse necessário. Sabia ter um coração teimoso e poderia permanecer naquele estado solitário até estar pronto para acabar com ele.

Além do meu pai, recebia poucas visitas. Minha mãe vinha ao meu quarto, batia na porta e deixava as refeições na frente da porta. Não falava muito comigo. Apanhou-me pela palavra e passou a me ver como uma punição. Se tivesse, suportaria este castigo em silêncio como havia suportado outros. Compreendi que era assim que ela via todas as decepções da sua vida. Sem dúvida, para ela era um tormento permanecer em silêncio. Entendi isso desde a vez que revelou seus sentimentos, quando discutiu com meu pai e disse: "Já fui punida o bastante. Quantos seres *meus*, meus bebês, morreram ao longo dos anos?" Quando ela finalmente disse o que esperara anos para dizer.

No começo, Berenice veio me ver seguidamente, mas depois de um mês era evidente para todos que Cantor estava morrendo. Berenice passava mais e mais tempo tomando conta dele. Embora levasse ainda meses para morrer, o tempo não estava ao lado do casal e logo ficou seu inimigo.

Cantor já não podia deixar a cama e Berenice dificilmente deixava a casa. Às vezes, quando tinha coisas que não podia deixar de fazer, deixava minha mãe tomando conta do marido por uma hora ou pouco mais, mas a maior parte do tempo deixava que meu pai ou minha mãe fizessem compras para ela. Recusava-se a deixar qualquer enfermeira cuidando do marido.

Ela me explicou numa das suas últimas visitas naquele verão:

— Uma vez expliquei a razão, Alexander, lembra? Quando algo de ruim acontece com a pessoa que você ama, você não deve deixá-la sozinha. Mesmo quando é quase insuportável ficar com essa pessoa e vê-la sofrer. De outra forma, seria como se você se transformasse em juiz e punisse a vítima. Não é culpa deles se são vítimas. Já disse isso a seu pai muitas vezes e ele sempre concordou comigo. Acho que você sabe isso; aprendeu também com Marla e a sra. Cook. — Pensou por um momento e acrescentou: — Eu tento não desistir de um só segundo com ele. Você jamais pode trazer de volta um segundo perdido.

— E você jamais pode trazer de volta uma simples palavra depois que ela foi enunciada — eu retruquei.

Berenice olhou para mim intrigada, esperando por uma explicação. Eu, porém, retornei ao silêncio.

Meu pai se correspondeu por muitos anos com um *scholar* do Brooklyn, Nova York, o dr. Avram Aschenbach. Às vezes se referia a ele como "Meu amigo, dr. Maẖuza" porque a especialidade dele era a mesma cidade antiga no Fluvius Regum, o Rio Real, que acabou se tornando um centro de estudos depois da destruição de Nehardea, local onde o grande sábio Rava dirigiu a academia por quatorze anos.

Não achava que meu pai tivesse alguém que pudesse chamar de amigo, não do modo como outras pessoas têm amigos. Não tinha ninguém em quem pudesse confiar suas mais íntimas aflições. Suponho que, nesse sentido, sou como ele. Mas no seu caso, isso talvez se devesse à sua profissão. Gente chegava até ele o tempo todo com seus problemas, e se supunha que ele devia ter todas as respostas. Por outro lado, ele nunca agia como se tivesse todas as respostas. Apenas tentava entender da melhor maneira qualquer situação que lhe fosse apresentada.

— Eu sou apenas um intermediário para cada coração único e pessoal — dizia ele. — Sou apenas um tambor que ressoa. A maioria das pessoas encontra as respostas que necessita dentro de si mesmas.

Quando falo da sua incapacidade para fazer amigos, é claro que não estou colocando de lado o assunto ou excluindo o tipo de amizade de Cantor e Berenice, tão ligados à nossa família e à vida rabínica e espiritual do meu pai. O casal era seu amigo, e ele o primeiro a declarar: "São meus amigos mais queridos." Não tenho, porém, evidência de que alguma vez ele tenha se voltado para Cantor ou Berenice num momento de grande preocupação. Jamais soube que ele houvesse feito confidências ou aberto seu coração para eles. Talvez não ousasse. De qualquer modo, acho que tentou aprender com os dois. De Cantor, com seus sofrimentos, e de Berenice, com seu amor persistente e duradouro.

Meu pai, depois de todos os anos de correspondência com o dr. Ma<u>h</u>uza, começou a confiar nele como alguém faria com um amigo. Ele lhe falou a meu respeito; a respeito do filho problemático. O dr. Ma<u>h</u>uza ou dr. Aschenbach era um leal seguidor de um rabino hassídico.

— O rabino é melhor que qualquer psiquiatra ou psicólogo — ele escrevera numa carta que descobri depois da morte do meu pai. — Talvez, ele possa ajudar o seu rapaz.

Meu pai, claramente, vinha de um meio distante anos-luz das comunidades e das crenças hassidistas. Seus líderes ortodoxos nunca tiveram importância na vida ou no treinamento religioso buscado por meu pai, para horror dos seus próprios pais. Os hassidistas eram tão estranhos para ele quanto ele o era para o ateísmo dos pais. Não lembro de ele ter mencionado este ou aquele rabino ortodoxo durante a minha infância, exceto no caso do dr. Avram Aschenbach e, mesmo assim, referindo-se de passagem à expressão aramaica *agav urha*.

Uma tarde, no meio do verão, durante o mês do Tamuz, nome de derivação suméria que indica o quarto mês, meu pai veio ao meu quarto para a sua visita diária.

— Alexander, você gostaria de fazer uma viagem? Uma pequena peregrinação?

Não respondi imediatamente. Nem sempre respondia às suas perguntas. Perguntou-me de novo:

— Você gostaria de visitar o rabino hassidista? Meu amigo, o dr. Mahuza, acha que pode ajudá-lo e arranja uma entrevista. Não é fácil falar com ele. Trata-se de um grande sábio.

Disse não.

Muitos dias se passaram. Todas as tardes meu pai vinha ao meu quarto e, eventualmente, em meio às suas teorias me fazia a mesma pergunta.

— Você gostaria de vir comigo e ver o rabino?

Uma noite, ao me aventurar para fora do meu quarto para ir à biblioteca do meu pai, entreouvi meus pais discutindo em seu quarto. Raramente os vira discutir, com exceção daquela vez por ocasião da morte iminente do meu avô, quando minha mãe levou o telegrama da minha avó para o estúdio.

Fiquei parado do lado de fora da porta do quarto deles. Minha mãe estava dizendo:

— Isso não é muito diferente do que ir ver uma vidente em Grosse Pointe, o que tanto o irritou anos atrás. Você me fez sentir envergonhada. E confesso que na ocasião você estava certo, mas agora está sendo um tolo.

Meu pai respondeu:

— Não é a mesma coisa, Sarah, e Deus proíbe esse tipo de comparação. Ele é um santo homem e não uma cartomante. Talvez possa nos aconselhar e ajudar.

E minha mãe:

— Você deveria levá-lo a um médico, isso sim. Ele precisa de um drástico tratamento antes que piore. Alguma coisa séria. Talvez insulina ou eletrochoque. Há novas técnicas disponíveis, e elas *dão* resultado. Ele não precisa de nenhum charlatão milagroso ou de qualquer pseudo-religioso abracadabra.

Houve uma pausa, e eu sabia que meu pai estava considerando seriamente a resposta.

— Sarah, veja bem o que você diz sobre o santo homem. — Meu pai falou com firmeza. — Eu não vou e não posso forçar Alexander, mas se ele concordar, vou levá-lo para ver o rabino.

No dia seguinte, quando meu pai veio ao meu quarto e antes que me perguntasse, anunciei:

— Eu vou, se pudermos voltar no mesmo dia. — Embora houvesse decidido ir, não podia imaginar a idéia de passar a noite em qualquer outro quarto que não o meu, ou em qualquer outra casa que não a minha.

Os lábios de meu pai se abriram num largo e belo sorriso. Nunca antes havia pensado muito sobre a aparência de meu pai. Nunca me permiti contemplá-lo; viajar por essa perigosa estrada do pensamento. Mas naquele momento observei calmamente o quão bonito ele era, com sua face nobre, seus bastos cabelos negros e sua figura alta e esguia. Talvez esta fosse a razão pela qual minha mãe se casara com ele depois de ser rejeitada pelos seus pais. Talvez por isso ela continuasse a amá-lo, apesar dos desvios para os quais a conduziam seus temores patológicos.

Meu pai não perdeu tempo algum. Suponho que temia que eu mudasse de idéia ou que minha mãe pudesse fazer alguma coisa para evitar a nossa viagem. Mas ela não fez nada. Estranhamente, foi ela que me acordou na manhã seguinte:

— Alexander, acorde. Você vai perder o avião.

Em seguida, meu pai entrou no quarto e fez com que eu vestisse camisa branca, gravata e um terno. Minhas roupas começavam a ficar apertadas.

— Você deu um jeito de crescer como uma dessas plantas tropicais que florescem à sombra nas florestas. Bem, isso é ótimo. Você está com bom aspecto. Você não pode visitar o rabino sem estar propriamente trajado. Seria um desrespeito.

Assim que me vesti, fomos de carro até Detroit via túnel. Era uma manhã quente de agosto e continuamos até o aeroporto para o vôo a Nova York. Meu pai deixou o carro no estacionamento.

— É espantoso como se pode viajar tão longe num só dia — comentou ele. — É uma coisa que dá o que pensar. Tamanha distância num só dia e então retornar para a sua própria casa, para a sua própria cama.

Quando chegamos a Nova York, o dr. Aschenbach nos aguardava no terminal. Era um homem baixo, rijo, com uma barbicha de bode. Os dois jamais se viram antes, apesar da longa correspondência.

Reconheceram-se imediatamente. O dr. Aschenbach caminhou diretamente em direção ao meu pai e disse:

— Rav Shelomo? — Em seguida disse "Alô" para mim.

Enquanto viajávamos para Crown Heights no velho carro do dr. Aschenbach, os dois acadêmicos falaram de seus mútuos interesses. O dr. Aschenbach recebera um visto para viajar ao Iraque e visitar o local onde estivera a cidade de Mahuza.

— Ah, vou achar o lugar certo — disse ao meu pai. — Hoje em dia, é uma viagem curta de Bagdá até lá. Mas não foi fácil receber a permissão do governo deles. Só a concederam porque conhecem a fama do nosso rabino e o respeitam. O mundo inteiro o respeita, inclusive os iraquianos. Já contratei um guia e tudo.

Disse a meu pai que o rabino hassidista tinha lhe dado a benção e que isso garantiria o sucesso da empreitada.

Meu pai lhe contou — sem dúvida, sua correspondência servira para alguma coisa — como o seu avô deixara a casa e a família em Frankfurt na virada do século para viajar ao longo do Eufrates na companhia de um príncipe persa exilado.

— Na época, foi uma aventura difícil e perigosa com todas aquelas doenças e epidemias.

— Claro — concordou o dr. Aschenbach. — Mesmo hoje em dia, são necessárias diversas vacinas.

Meu pai abriu sua valise e tentou passar para o dr. Aschenbach sua querida cópia de *Auf den Spuren Abrahams entlang des Euphrat.*

— Tome, quero que leve com o senhor.

— Oh, não! Eu não poderia! — O dr. Aschenbach bateu a mão contra o ar enquanto segurava a direção com a outra. — Jamais, jamais! É muito valioso. Eu posso perdê-lo ou ser roubado.

Meu pai continuou insistindo:

— Por favor, leve-o. É como se o meu avô estivesse viajando com o senhor. Por favor, ele teria adorado a idéia.

O dr. Aschenbach finalmente concordou e aceitou o livrinho com capa de couro. Botou-o no seu colo.

— Com a ajuda de Deus, vou devolvê-lo ao senhor são e salvo quando voltar.

O dr. Aschenbach percorreu de carro a rua onde morava o rabino. A larga avenida era ladeada por árvores antigas e majestosas, cujo alto das copas se curvavam e se tocavam, formando o que se parecia com um longo corredor arqueado de uma catedral numa tarde de verão. Lembrou-me também as árvores alinhadas do Lake Shore Drive. As casas, aqui também, eram enormes, mas, ao contrário do que ocorria em Grosse Pointe, eram umas coladas às outras, e não havia lago para ser visto. Além disso, aqui, nas ruas, os homens, na maioria, se vestiam de preto: longos robes negros sobre calças igualmente pretas. As mulheres usavam estranhas perucas cobertas por chapéus pretos. Nunca havia visto gente assim antes.

Então viramos a esquina do prédio onde o rabino conduzia suas entrevistas. A ante-sala do consultório do rabino estava repleta de gente: casais sem filhos que procuravam as bênçãos do religioso, pais com crianças nitidamente retardadas ou deformadas. Uma garotinha com pesados aparelhos ortopédicos em ambas as pernas ficou olhando fixamente para mim o tempo todo. Pensei em Marla e que talvez ela devesse ter vindo aqui. Havia também homens e mulheres que simplesmente procuravam algum conselho espiritual do seu líder.

Depois de esperar mais ou menos uns vinte minutos, o dr. Aschenbach falou com o secretário do rabino e fez um gesto em direção a mim e ao meu pai. O dr. Aschenbach franziu o cenho, olhou para o relógio e depois para o teto.

Não demorou muito para sermos conduzidos até o consultório do rabino. Era uma sala pequena, clara, com poucos móveis, e o rabino estava sentado atrás de uma simples escrivaninha de madeira. Quatro vitrais davam para o parque. No da direita havia uma tulipa cor-de-rosa, longa e fina. O da extrema esquerda exibia uma coruja sentada sobre um galho de árvore.

O dr. Aschenbach passou ao assistente um pedaço de papel que este passou ao rabino, que se limitou a dar uma rápida olhada. Na época, ele devia ter uns sessenta e poucos anos. Tinha uma barba cinza-escura e olhos azuis. Levantou os olhos para nós. Meu pai lhe estendeu a mão que ele apertou depois de se levantar. Em seguida, apertou a mão estendida do dr. Aschenbach e finalmente a minha. Sua mão era grande e macia.

Não nos fez pergunta alguma. Olhou diretamente para mim durante o que me pareceu um longo tempo, e sorriu. Fiquei surpreso quando começou a falar. Falava inglês perfeito sem sotaque algum. Meu pai simplesmente ficou ali parado ouvindo e observando com a boca levemente aberta.

— Nem sempre as coisas são tão irremediáveis como pensamos. Aryeh Alexander, não presumo ler sua mente — isso é território de Deus, e as verdadeiras profecias enfraqueceram muito desde a destruição dos templos —, mas você deveria saber que, muitas vezes, as mulheres têm maior sabedoria que os homens, e é nisso que reside a verdadeira beleza. É por isso que a Divina Shekhinah, a presença de Deus em nosso mundo, é sempre comparada com uma mulher, com uma mãe, com uma esposa, embora isso seja apenas uma simplificação, um modo da mente humana entender o que não pode ser entendido. A Shekhinah seguiu Adão e Eva para fora do Éden, e a Shekhinah acompanha a todos nós em tempo de exílio para nos providenciar um lar. Ela está conosco quando estamos acordados e acompanha os nossos sonhos quando dormimos. Ela sofre quando vê o nosso sofrimento solitário e se alegra com a nossa felicidade. — Ele me olhou fixamente por um momento com seus olhos azuis. — Você compreende? É o Seu amor que devemos buscar. Ela nunca se isola de nós.

O rabino voltou-se e acenou para o seu assistente. A entrevista havia acabado.

Enquanto éramos conduzidos para fora da pequena sala, parei um momento em frente à porta. Eu me senti transfixado. A coruja do vitral foi projetada por um denso raio de sol para o chão de parquê à minha frente. Tornara-se maior, mais brilhante e colorida. Estava atônito porque, por um momento, pensei que ela falara para mim. Mas então o raio de sol com sua imagem esvaneceu e me dei conta de que quem falava era o rabino.

— É uma bela gema a que você leva debaixo da camisa, Aryeh Alexander. Uma safira? Posso ver o azul atravessando o tecido. Nosso pai, Abraão, era um homem muito rico e usava uma jóia preciosa em volta do pescoço. Todos que olhavam para ela ficavam curados. De qualquer modo, você precisa tomar cuidado com a sua saúde, especialmente seus ouvidos.

No vôo de volta para Detroit, enquanto o avião decolava, meu pai continuava repetindo baixinho:

— É claro, a Shekhinah, a Shekhinah. É tão simples. Ela nos segue para onde formos. Ela se *transforma* em qualquer lugar e *faz* deste lugar a nossa casa.

Ele ficou claramente impressionado com as palavras do rabino e nelas encontrou uma mensagem importante para si mesmo.

De repente, ouvi um estranho som oco e surdo. O interior do aeroplano começou a girar e eu a gritar, pensando que iríamos cair.

— Nós não vamos cair, Alexander! Nós não vamos cair! — repetia meu pai insistentemente.

Fechei os olhos e continuei gritando porque continuava sentindo o interior do avião girar. Várias aeromoças e eventualmente o co-pilotó tiveram de vir até o meu assento e me reassegurar de que estava tudo bem.

— Você está apenas tonto — afirmou o co-piloto, e apertou a minha cabeça com suas mãos fortes. — Você está apenas um pouco tonto, meu jovem. Isso acontece, às vezes, em aviões. Mantenha os olhos fechados por enquanto. — Disse ao meu pai: — É bom o senhor levá-lo a um médico assim que aterrissarmos.

Mais tarde, soube que a cobertura membranosa do meu ouvido interior, a janela redonda da minha cóclea, se rompera, causando um ataque de vertigem e me deixando permanentemente surdo do ouvido direito.

Quando o avião aterrissou em Detroit, meu pai estava em pânico. Queria me levar imediatamente para o hospital local, uma vez que os hospitais de Detroit eram maiores que os de Windsor. Mas quando seguíamos pela auto-estrada em direção à parte baixa e ao Hospital Ford, toda a cidade estava em chamas.

— Meu Deus! O que está acontecendo? Parece o fim do mundo! Parece o fim do mundo! — meu pai não parava de repetir.

Quando ligou o rádio, soubemos que tumultos haviam estourado por toda a cidade. A Guarda Nacional fora chamada. Enormes cogumelos de fogo e fumaça explodiam onde antes havia bairros e postos de gasolina. Meu pai dirigia, erraticamente, desviando por pistas, travessas e veredas, afastando-se das explosões. Apertei minha safira com a mão direita, mas isso não diminuiu a minha crescente náusea. Vomitei sobre o meu peito. Tivemos de nos dirigir para a fronteira canadense, tomar o túnel e prosseguir para a segurança de nossa casa.

Meu pai estava tão atordoado quando chegamos em casa que tinha de lutar para respirar. Minha mãe estava doente de preocupação há algum tempo.

— Graças a Deus vocês conseguiram! Graças a Deus vocês conseguiram voltar para casa! Detroit está em chamas. — Ficou abraçada ao meu pai por vários minutos.

Quando ambos se acalmaram, meu pai chamou o dr. Desjarlais. Pediu que o encontrássemos no Hôtel-Dieu. Depois de me examinar, chamou um especialista em ouvido.

— Não há muito para fazer quando isso acontece — sentenciou o especialista. Olhou para mim e depois para os meus pais. — Felizmente o outro ouvido está perfeito. Ele talvez fique tonto por alguns dias até recuperar o equilíbrio. Deve ficar na cama, descansar e manter os olhos fechados. — Então, acrescentou: — É maravilhoso estar acima das nuvens e ver o céu e as estrelas, mas talvez o jovem devesse evitar andar de avião no futuro.

Quando retornávamos para casa do Hôtel-Dieu, minha mãe perguntou:

— Bem, o que o rabino disse?

Meu pai estava completamente exausto.

— O rabino? Oh, mais tarde, Sarah! Mais tarde. Mal estou conseguindo pensar!

O Sol em Casa

Certa manhã de primavera, quando eu era pequeno, meus pais me acordaram antes do amanhecer.

— Rápido, Alexander, ponha uma roupa — disse meu pai. — Quem sabe não seremos condecorados por testemunhar tal acontecimento? Você, Alexander, sem dúvida será, mas sua mãe e eu estamos velhos.

Vesti-me rapidamente e então caminhamos três quadras até a sinagoga no escuro. Cantor, uma Berenice de olhos inchados ainda meio adormecida, e vários membros da congregação já se juntavam em frente à larga escadaria da sinagoga. O céu estava claro e o ar ainda frio e seco, parte da noite que começava a desaparecer. Uma solitária estrela da manhã brilhava no horizonte.

Meu pai começou um pequeno sermão:

— Nossos sábios nos dizem que em cada geração o Sol retorna para o lugar do seu brilhante nascimento e se realinha no firmamento como no momento da Criação. Durante todo o milênio, o peregrino Sol jamais se esqueceu de sua gloriosa casa. Da mesma forma, jamais devemos nos esquecer dos nossos lares e daqueles que estão sempre lá para nos amar. Não podemos, principalmente, esquecer a glória do nosso lar eterno: Jerusalém.

Quando o sol apareceu acima das casas baixas e alinhadas da frente da sinagoga, meu pai me levantou nos braços para se assegurar de que eu veria tudo. Era a primeira vez que eu via o sol nascer. Minha mãe estava parada ao nosso lado. Cantor conduziu a congregação nas graças ao Sol: "Abençoado Sol que fazes a obra da Criação." Então, ele cantou a melodia mais linda que já ouvi na vida, uma melodia composta por ele mesmo: "Louvem-no, Sol e Lua. Louvem-no vocês todas, ó Estrelas da Luz." Olhei em volta e vi pessoas chorando graças à beleza da música e ao pasmo diante de um momento que aparece de raro em raro durante uma vida inteira. Meu pai não parava de sussurrar ao meu ouvido:

— Ouça, Alexander, apenas ouça!

Anos mais tarde, quando Cantor estava morrendo, na época do meu *tzimtzum*, implorei a ele para que me cantasse a melodia. Por alguma razão fiquei obcecado com ela depois do meu regresso da peregrinação até o rabino, e da perda de audição no meu ouvido esquerdo. Na penumbra do meu quarto, parecia ouvir a melodia constantemente. Eu a ouvia de modo indistinto. Faltavam notas cruciais, como se a ouvisse atrás de uma porta firmemente fechada. Acreditava, sem dúvida alguma, que dentro da padronização de suas notas ela abrigava uma luz correspondente, e abrigava também o segredo da minha restauração. E redenção. Não pude evitar, e uma noite fui até a casa de Cantor, ao lado da nossa.

Na época, Berenice tinha ordens estritas do médico para limitar as visitas. Mas ela ficou tão surpresa e encorajada pelo fato de eu ter deixado a minha casa depois de tantos meses e ido até a dela, que não foi difícil persuadi-la a deixar-me ver Cantor, embora já estivesse ficando tarde e ele estivesse dormindo.

— É só uma perguntinha que quero fazer a ele. É sobre música.

— Cantor vai ficar contente em vê-lo.

Ela foi até o quarto e acordou o marido gentilmente. O quarto recendia a anti-séptico.

— Alexander está aqui, Bernhard! Alexander está aqui!

Sem mesmo lhe dizer "Alô", citei as palavras do Salmo, esperando que Cantor se lembrasse da melodia que compusera. "Louvem-no Sol e Lua. Louvem-no vocês todas, ó Estrelas da Luz."

Com muito esforço ele ergueu a cabeça do travesseiro.

— Alexander, é você?

Sua face era ainda mais macia e redonda do que antes, levemente inchada em torno dos olhos.

— Sim, sou eu. O senhor não se lembra mais, Cantor? Foi o senhor que compôs a melodia, não foi?

Começou a confundir os idiomas. Tinha problemas para respirar.

— O quê? Lembrar *was? Oui, oui!* Oh, não... *Ich kann mich nicht rememberen.*

— O senhor não escreveu a melodia em algum lugar?

— Não lembro mais. *Kannst du mir singen?* Você é tenor *oder ein Bass?*

— Não, eu não posso cantar. Como o senhor pôde esquecer? Foi o senhor quem a compôs!

Senti que perdia o controle, pois minha voz tremia. Fui acometido de um medo terrível de estar perdendo a mim mesmo. Não sei dizer se estava rindo ou chorando.

Respirei fundo e dei um jeito de me controlar de uma certa forma.

— Como o senhor pôde esquecer, Cantor? Como pôde? Era maravilhosa!

Ele afastou a cabeça e fiquei surpreso ao verificar como o seu pescoço se tornara fino e curvado, como o pescoço de um pássaro recém-saído do ovo. Eu podia ver todos os tendões, todas as vértebras, o pomo-de-adão. Suas artérias tremiam sob a pele. Começou a balbuciar uma série de nomes:

— Elchanan... Lotte... Richard... Tosca...

Senti tontura. Berenice entrou no quarto e se aproximou. Pegou gentilmente no meu braço e me conduziu para fora. Ela mudara bastante durante a doença de Cantor. Estava mais magra, exibia o olhar cansado e seu cabelo tinha mechas grisalhas. Dava a impressão de carregar nos ombros a idade do marido que se parecia mais e mais com um bebê enquanto agonizava na cama. Falou calma e suavemente, pois sempre me amou muito:

— Alexander, Cantor está tão cansado. Vamos deixá-lo repousar. Mas se você amava tanto a música, o que fez você rir?

— Mas eu não ri. Eu apenas perguntei...

Agora triste, Berenice exclamou:

— Não, Alexander. Você riu. Muito tempo atrás, nas escadas da sinagoga. Você era ainda uma criança e talvez não lembre. Seu pai teve de repreendê-lo, pois agia de modo tão estranho. Acho que foi aí que sua mãe começou a se preocupar com você, embora eu jamais tenha entendido por que ela ficou tão irritada. Crianças, às vezes, agem de maneira esquisita sem razão aparente. Eu lhe disse que talvez você ainda estivesse meio adormecido, pois era tão cedo, e achasse que ria no seu sono. — Ela fez uma pausa e olhou cuidadosamente para mim. — Acho que não tem mais importância. Foi há tanto tempo. Talvez mais tarde, quando Cantor recobrar suas forças, possamos perguntar a ele de novo. Quem sabe, ele não lembra da música?

Cantor jamais recuperou suas forças. Embora tivesse vivido ainda por muitos meses, nunca mais o vi.

Na primavera seguinte, quando minha mãe foi ao meu quarto para me dizer que Cantor havia morrido, eu não disse nada, mas corri para uma das janelas. Levantei as cortinas que haviam sido emendadas e a veneziana que estivera fechada por quase um ano. Espiei o mundo do brilhante sol do meio-dia e senti um grande alívio. Na minha dor, eu julgara que o sol houvesse morrido.

Sha'arai Rakhamim

Não fui ao funeral de Cantor. O enterro, como acabei descobrindo, nada tinha a ver com a minha reclusão. Eu já havia me preparado para deixar o meu isolamento. Já havia, ao ouvir a notícia da morte de Cantor, levantado por um momento as cortinas e persianas do meu quarto, e olhado para a luz do meio-dia pela primeira vez em quase um ano.

Não fui porque comecei, de repente, a sentir novos ataques de vertigem. Eu não dormira nas vinte e quatro horas seguintes depois que minha mãe me comunicara a morte de Cantor. Fiquei deitado na minha cama, bem acordado. Eu queria desesperadamente ir ao seu funeral e me despedir dele. Achei que isso também mexeria com a minha memória. Achei que me lembraria da música que ele cantara há tantos anos: "Louvem-no Sol e Lua, Louvem-no todas vocês, ó Estrelas da Luz." Mas quando tentei sentar na cama, o quarto começou a girar. E enquanto o quarto girava sobre seu eixo, eu olhei para baixo como se estivesse a uma grande altura. Vi a mim mesmo claramente. Vi que meus olhos estavam fechados. Braços estendidos para trás, eu me segurava firmemente nas bordas da mesa-de-cabeceira. Eu me vi como era na ocasião: um jovem deitado numa cama, vestindo uma camisa sem gola e *jeans*. Vi a safira em volta do meu pescoço, meus cabelos compridos que não foram cortados por quase um ano, penteados em volta da minha cabeça como um lago negro. Minhas pernas estavam esticadas e alcançavam o pé da cama. Esse ataque, com todas as suas estranhas percepções visuais, era diferente e pior do daquele que tivera meses atrás quando vi o aeroplano girando sem controle, quando o especialista disse que meu equilíbrio iria melhorar.

Enquanto o quarto girava abaixo de mim e eu acima dele, me encontrei. Embora não possa dizer que esse encontro me tenha desagradado — pois senti uma sensação morna de prazer à vista do meu corpo de homem deitado na cama —, estava aterrorizado.

Quando meus pais voltaram para casa, o ataque havia cessado, mas eu continuava tonto.

Meu pai me disse que Hannalore comparecera ao funeral, mas que não parecia bem.

— Não há mais vida dentro dela.

Isso acabou se confirmando, pois Hannalore morreu algumas semanas depois de Cantor, perto do fim da primavera. Seu corpo foi transportado via aérea de Key West para onde ela retornara depois do funeral do irmão. Foi enterrada em Windsor, ao lado de Cantor, no Sha'arai Rakhamim, o Cemitério dos Portões da Misericórdia.

Anexo ao seu testamento, uma breve carta ao meu pai.

Caro Rabino,

Espero que o senhor permita que eu seja enterrada no seu cemitério com o meu crucifixo. Sei que o senhor é um homem sábio e sempre entendeu que o crucifixo significa mais para mim do que simplesmente duas varetas. Compreendo que não pode haver nenhum símbolo cristão na minha tumba. Por favor, deixe-me ser enterrada ao lado do meu irmão.

Sinceramente,
Hannalore Seidengarn

Meu pai não fez nada para impedir que Hannalore fosse enterrada no cemitério da sinagoga.

— Ninguém verá seu crucifixo outra vez — disse-me. — Acho que até sentirei um pouco a falta dele. Tornara-se parte dela. O crucifixo lhe dava coragem e vai daí que, apesar de tudo, precisamos vê-lo como algo positivo.

Também não fui ao funeral de Hannalore porque continuava não me sentindo bem o bastante. Depois do meu segundo ataque de vertigem no dia do enterro de Cantor, compreendi que ainda não estava pronto para deixar o meu retiro.

Antes de irem ao funeral de Hannalore, minha mãe e Berenice subiram ao meu quarto. Talvez Berenice tenha pedido à minha mãe que subisse com ela, pois parecia relutante sob o umbral da porta. As duas amigas estavam vestidas de preto. Berenice continuara a perder peso, e, embora ainda fosse mais alta do que minha mãe, estavam mais parecidas do que eram muitos anos atrás quando, dando risinhos, voltavam para casa com o mesmo penteado, nos tempos em que meu pai e Cantor as chamavam de Gêmeas Bobbsey.

Disse-lhes que não poderia ir ao cemitério. Sentia muito.

Berenice respondeu que seria como seu eu tivesse ido, de qualquer modo.

— Quero que você saiba que tanto Cantor como Hannalore compreendem.

— É impossível que eles entendam — disse. — Eles estão mortos. Tempo presente. Tempo eterno. Mortos.

Disse isso sem emoção, maldade ou raiva, da mesma forma como não havia maldade ou raiva dentro de mim quando disse à minha mãe: "E eu sou a sua punição." Respondi a Berenice desse modo porque achava que dizia a verdade. Afinal de contas, para onde ia a alma vaporosa quando sua embalagem era destruída? Começara a entender, no meu período de estudos e reclusão, que nossas almas não duravam mais e nem eram mais reais do que a matéria aquosa de nossos corpos. Tudo o que me importava era a declaração clara, a verdade desobstruída, embora atormentada. Não havia muito tempo que me vira como era então, um jovem estirado na cama e agarrado à vida.

Berenice falou:

— Não, você está errado, Alexander. Ambos *amam* você e ambos *compreendem* você. Tempo presente, tempo eterno.

Não respondi com palavras, mas movi a cabeça afirmativamente porque o que ela me dissera parecera verdade. Virei-me na cama e elas deixaram o quarto.

Um mês mais tarde e alguns dias antes da descoberta da pedra tumular de Hannalore, comecei a me sentir melhor. A vertigem desaparecera completamente. Começara andar pela casa durante o dia, mas ainda não saíra ao ar livre.

Na noite anterior à descoberta da lápide, Berenice veio me visitar.

Disse a ela que queria ir à cerimônia.

Berenice disse que achava que eu deveria ficar em casa.

— Você pode ir num outro dia. A lápide vai estar sempre lá. O importante é que você lembra de Hannalore em seu coração e talvez venha a pensar nela de vez em quando. Desse modo, ela viverá em seu coração — caso você esteja certo, ela esteja morta e não exista outra vida. — Berenice começou a ficar agitada e a torcer as mãos. — Não ouso pensar desse modo, Alexander. Não posso pensar como você. Eu não tenho escolha. Não posso me dar a esse seu luxo. De outro modo, onde estariam, agora, Hannalore e Cantor depois de tudo que sofreram?

Mas eu não queria meramente lembrar de Hannalore para que ela tivesse outra vida em meu coração. Eu queria voltar para o mundo e para o seu tempo ingovernável e irresistível, embora pudesse incluir em suas partes a parte chamada morte.

No dia seguinte apareci diante de meus pais e de Berenice, antes do sol raiar. Havia me barbeado e vestido rapidamente, e depois fui para o pórtico da frente de casa esperar pacientemente pelo nascer do sol.

Eu, meus pais e Berenice fomos de carro ao cemitério.

Quando a cortina foi retirada da lápide, li a inscrição. Na parte de cima o nome de Hannalore fora talhado em inglês. Enquanto lia, ouvia a sua própria voz sussurrando, lendo o seu nome para mim: "Hannalore Seidengarn!"

Era um nome estranho, na verdade, Seidengarn: bola de fios de seda. Em um dos contos de fadas que meu pai costumava ler para mim, havia um rei que tinha uma bola de fios mágica. Se ele se perdesse, a bola se desenovelaria e lhe indicaria a saída da floresta escura.

Achava engraçado Hannalore dizer seu nome agora que estava morta. Na ocasião, sua voz não me convenceu de que havia vida depois da morte, ou pelo menos almas vagando, porque não sabia de onde vinha a sua voz. Não sabia se vinha de uma alma que vagava ou se vinha de uma alma falando do além. De repente, me dei conta de que a voz poderia estar vindo de dentro de mim mesmo. Talvez a alma de Hannalore já houvesse até entrado na minha. Lera em algum lugar, provavelmente num dos textos cabalísticos de meu pai, que uma coisa dessas pode acontecer. Almas de partida tentariam agarrar-se às almas dos vivos, mas eram sempre rechaçadas. No final, já não havia força dentro delas. Não eram páreo para a alma de um corpo vivo.

Hannalore não parou a recitação profunda e envolta em névoa do seu nome e, agora, insistia em relembrar minha mãe de algo que ela — Hannalore — lhe dissera há muito tempo. Suas palavras, agora, ganhavam um novo significado. Não posso dizer se minha mãe a ouviu, pois continuava sussurrando: "*C'est vrai*, Madame Rabino! Garanto que essa mulher disse coisas sobre mim que ninguém mais poderia saber."

E então, Hannalore disse: "*C'est notre petit secret!*"

Enquanto ela sussurrava, olhei para a pequena inscrição hebraica sob o seu nome inglês, que continha as mesmas letras de mel que Deus usou para criar seu Universo em sete dias: *Ud mutzal m'aish*. "Uma brasa salva do fogo!"

Então, li o nome hebraico de Hannalore: "Elchanan ben David". Elchanan, filho de David.

Pensando nessa inscrição de pedra, hoje em dia, vejo como nossas mentes reúnem rapidamente os símbolos que formam a nossa língua escrita.

Vejo rapidamente as palavras inteiras: o nome de um homem, filho de outro homem. Mas, naquela época, parecia que estava lendo tudo muito vagarosamente, letra por letra, até que uma brasa poupada pelo fogo flutuou à minha frente, queimando, brilhante, fosforescente como as letras que eu imaginava na Criação do Mundo. O nome masculino de Hannalore se transformou num pequeno universo suspenso na minha frente, e contendo igualmente componentes do meu próprio nome. A impressão era a de que eu lia há muito tempo. Hoje, ao relembrar, não posso conceber aquele tempo vagaroso. Tive a impressão de que se passaram muitos minutos, talvez horas, enquanto eu lia a inscrição em hebraico e ouvia o sussurrar de Hannalore.

Também me lembro de algo que ocorreu subitamente: os gritos de minha mãe em seu próprio tempo que escorria bem mais rapidamente do que o meu. Começou a gritar assim que a pedra foi descoberta e ela deu-se conta da inscrição.

Olhos muito abertos, olhou rapidamente para mim, enquanto Hannalore falava. Minha mãe começou a gritar numa voz aguda que não se parecia com qualquer outro som que já ouvira sair do seu corpo modesto, nem com qualquer som que eu pudesse imaginar saísse da boca de qualquer ser humano. Dos gritos, ela passou ao pranto. Longos e doloridos suspiros que me assustaram mais do que quando ela chorou por ocasião da morte das duas crianças na estrada de Tecumseh. Mas dessa vez eu não ri de medo, como o fizera do meu esconderijo, ao testemunhar os soluços de minha mãe e o pranto dos pais das crianças. E eu me lembro sem remorso, mas com simples e claro reconhecimento, do quanto ri na estrada de Tecumseh.

Na medida em que soluçava, minha mãe batia com os punhos contra a própria cabeça. Meu pai tentou segurar um de seus braços e ela acidentalmente bateu com um punho num de seus olhos. Este olho mais tarde ficou púrpura e azul.

— Ninguém nunca me disse sobre Hannalore! Ninguém jamais me disse nada! Isso é demais... Isso é demais! Pensei que ela fosse...

Mas estava tão descontrolada que não podia acabar uma simples frase. Aos poucos, se aproximaram dela, mantendo uma prudente distância. Berenice e meu pai não paravam de dizer:

— Sarah! Sarah! Sarah!

Finalmente, Berenice pegou minha mãe em seus braços e por um momento a sacudiu com firmeza, para depois dar-lhe um tapa no rosto, como se quisesse dizer: "Não foi você que sofreu! Não foi você que foi arrastada para a escuridão viva, para o vivo inferno!"

Então, Berenice apertou minha mãe em seus braços como se ela fosse um bebê, pois acima de tudo a amava. Ela a embalou gentilmente.

— Sarah, Sarah, eles fizeram coisas horríveis com Hannalore! Coisas indizíveis. Bem piores do que as coisas que fizeram a Cantor. Mas, mesmo assim, ela foi forte e usou sua força para construir uma nova vida. Queria que essa vida fosse um segredo enquanto ela vivesse, e Cantor prometeu manter o segredo. Deixe que ela continue sendo a nossa Hannalore. Deixe ela ser a Hannalore.

Exausta, minha mãe ficou pálida. Abriu a boca e amaldiçoou Deus.

Saí completamente do meu retiro no dia da descoberta da lápide de Hannalore, e do meu retiro destruí o que sobrava e o que pudesse fazer-me lembrar dele. Quando cheguei em casa, cortei as linhas que mantinham juntas as duas partes das cortinas das janelas, depois arranquei as cortinas e finalmente levantei as venezianas. Depois subi numa cadeira e desaparafusei os suportes que mantinham as venezianas presas às janelas. Uma a uma, caíram ruidosamente no assoalho. Abri todas as janelas do meu quarto.

Saí e me ofereci a Berenice para ajudá-la a tirar as palmeiras da estufa.

Ela pareceu surpresa ao me ver, atordoada, quase com medo. Estivera sentada no pátio olhando para o vazio.

— Oh, Deus! Graças a Deus! — disse, finalmente, quando lhe informei o que viera fazer. — Graças a Deus! Sim, é claro! Eu não poderia remover as palmeiras sozinha.

— Você sabia sobre Hannalore — disse minha mãe mais tarde, naquele mesmo dia, na sala de estar. Eu suava por causa do calor e do esforço feito para tirar as arvorezinhas da estufa.

Mantive-me em silêncio.

— Berenice contou, não foi? Quando? Por quê? Não fez nenhum bem saber disso. Não do modo como você era na época, nem do modo como você é agora! Aquilo fez mal! Ela não deveria ter contado a você. Nunca vou perdoá-la por ter feito o que fez!

Naquele momento, eu não conseguia adivinhar se minha mãe, realmente, sabia a verdade; se sabia que Berenice havia me contado sobre Hannalore há muito tempo.

Não fiquei surpreso ao ler o nome masculino hebraico de Hannalore, uma vez que sabia desse segredo desde o dia em que

Berenice me levara para passear ao longo do Canal Welland, quando estacionara o carro no acostamento e me mostrara a meia fotografia de Cantor.

— Hannalore cortou sua imagem da fotografia para não relembrar do que fizeram com ela e do que ela fora outrora — dissera Berenice na ocasião. — Assim ela poderia recomeçar a vida.

Depois que Berenice me contou sobre Hannalore, expulsei suas palavras da mente e fingi que ela jamais me contara nada; jamais me contara como operaram um menino adolescente e fizeram coisas horríveis com ele.

— Berenice disse, não foi? — insistia a minha mãe.

Continuei em silêncio.

Compreendi que minha mãe não poderia *saber* que Berenice me contara. Podia apenas suspeitar, e isso fazia com que fosse mais fácil para ela culpar outra pessoa por tudo o que ela temia, e tudo que ocorreria desde que eu era uma criança.

— Silêncio é admissão — disse. — Nunca mais vou ver Berenice Seidergarn.

Finalmente, disse:

— Não me afetou.

Pensou sobre minhas palavras por um momento e depois falou calma e vagarosamente, como se apenas então descobrira o que fazer. Como se estivesse falando com um louco.

— Não, não afetou você, Alexander! Não afetou você absolutamente! Quando você fez dezesseis anos, foi para o seu quarto e ficou lá dentro por quase um ano. Exatamente como um zumbi! Caminhando pela casa durante a noite como um morto-vivo — tempo presente, tempo eterno — espiando a mim e ao seu pai. Você nunca ouviu falar em subconsciente? Você fez o que fez com a mesma idade que Hannalore e Cantor foram presos. Não o afetou!

— Não afetou nem a mim e nem ao meu subconsciente.

Também falei calmamente, mas a informação que ela me dera, sobre a idade dos gêmeos, me fez tremer por dentro. Nunca pensara na idade em que os dois haviam sido presos. Nunca os imaginara com esta ou aquela idade além da idade com a qual os conhecera, quando já não eram jovens. Quando pensava neles sendo presos — o que ocorria raramente — e nas coisas terríveis que lhes fizeram, eu os via como eram na vida presente, gente de meia-idade, um pouco mais velhos que meus pais e parecendo mais velhos do que realmente eram.

Minha mãe me encarou enquanto eu pensava.

— Não me afetou! — repeti finalmente.

Minha mãe me imitou:

— Não me afetou! Não me afetou! — Ela então perdeu o controle. Sua voz subiu em espiral e de repente estava urrando. — Então, como você explica o seu comportamento durante a descoberta da lápide de Hannalore? Me diga, Aryeh Alexander! Me diga! Como você explica o seu estranho acesso durante a descoberta? "*C'est vrai*, Madame Rabino!" Como?

Ela me deu as costas e correu para fora da sala.

Embora eu compreenda a dor de minha mãe e os temores que ela permitiu que governassem sua vida — porque sei que ela tinha temores verdadeiros com os quais lidar; temores que aparentemente para ela se tornaram realidade —, achei difícil perdoá-la. Sem nada poder fazer, fiquei observando quando ela quebrou o coração já tão maltratado de Berenice.

— Você está zangada comigo, Sarah? — diria Berenice, entrando no quarto de minha mãe, que se refugiara na cama como o fizera tantos anos atrás, no verão do seu confinamento. — O que fiz, Sarah? Eu sempre a amei, sempre a amei tanto! Sinto muito! Sinto *muiiito!*

Mas minha mãe não responderia e se viraria contra a parede. Berenice fez várias tentativas. Vinha todos os dias, escoltada por meu pai, que enfiava a cabeça pela porta do quarto de dormir e anunciava:

— Sarah, Berenice está aqui. Sua melhor amiga está aqui.

Mas Berenice era sempre rechaçada:

— Por favor, vão embora! Estou muito cansada para visitas.

Finalmente, Berenice parou de tentar.

— Talvez sua mãe precise de tempo — disse, na nossa sala de estar, da última vez que tentou se aproximar de minha mãe. — Foi um impacto tremendo para ela, Alexander. Ela sofreu tantos impactos. Talvez durante todos esses anos eu não tenha avaliado o quanto ela sofreu. Eu mantinha pessoas em compartimentos diversos. Fui arrogante... Como alguém ousa comparar sofrimentos? — Começou a chorar. — Talvez ela volte a ser ela mesma um dia... em breve. Talvez ela volte a ser minha amiga novamente.

Meu pai entrou na sala. Falou bem devagar de modo que não atropelasse as palavras.

— Ela apenas precisa de tempo, Berenice. Dê-lhe tempo... Sinto muito... Ela voltará a ser sua... querida amiga outra vez.

Berenice tentou sorrir.

— Sim, rabino. Acho que o senhor tem razão.

Mas Berenice e meu pai estavam errados. No fundo, eles não conheciam a minha mãe. Este sempre fora o seu modo. Fugir do que a atemorizava, fugir do insuportável; afastar-se silenciosamente, como há muito tempo se afastou de mim, para se esconder profundamente dentro de si mesma, além do olhar intruso do sol, para não retornar nunca mais.

Bagdá

No outono seguinte fui para a McGill University numa ilha entre dois rios, o Saint Lawrence e o Des Prairies, que, por sua vez, se juntam ao Ottawa.

Na minha mente, a ilha de Montreal nunca tivera a forma de um beijo, mas sim a de uma única flama bruxuleante. Flama que congela no inverno.

Estudava não muito longe de Outremont, onde Berenice crescera. Era um excelente aluno. Talvez o meu ano de confinamento tenha me preparado melhor para a vida universitária do que se houvesse ido para o curso superior, não apenas antes do tempo, mas interiormente confuso. Embora a língua oficial da universidade, à época, fosse o inglês, fiz alguns cursos e estudei francês como se deve, apesar de manter o sotaque de Quebec, como Berenice.

Depois que minha mãe se refugiou na cama outra vez, antes da minha partida para a universidade, ela começou a acreditar que estava grávida novamente. A verdade é que embora fosse jovem e em condições de engravidar, não estava grávida. O dr. Desjarlais disse que se tratava de uma espécie de choque. "Já vi isso antes. Poderia contar cada história para vocês!"

A princípio, meu pai tentou entretê-la. Como fez aquela vez em que fui com Berenice e Cantor para o lago: tratou-a como se realmente estivesse esperando um filho. Nos dias quentes, as janelas eram mantidas bem abertas — minha mãe continuava contra o ar condicionado e achava que podia fazer mal ao bebê. Meu pai instalou vários ventiladores, e eles zumbiam e sussurravam, enquanto voltavam suas faces para um lado, para outro e para a frente, leais guardiães de um bebê imaginário que crescia no útero da minha mãe. Meu pai também encheu vários jarros com as flores que ela plantara no jardim: peônias, íris e rosas.

Meu pai era um homem paciente e acostumado a sofrer, mas até ele tinha limites. Depois de vários meses, quando o verão já havia acabado há tempo para dar lugar ao frio outono, ele tentou convencê-la a sair do confinamento.

— Sarah, por que você está há tanto tempo na cama? Isso é um erro. Sinto muito, mas perdemos o bebê. Nosso pobre bebê! Por que você não sai do quarto? — Ele nunca lhe disse que ela havia imaginado o bebê. — Sinto muito, mas perdemos o bebê. Nosso pobre bebê!

Por muito tempo, minha mãe simplesmente o ignorou. Um dia, depois de ele pedir mais uma vez que saísse do quarto, minha mãe respondeu simplesmente:

— Bem, acho que é a minha vez de ficar doida! — E continuou na cama.

À medida que o verão chegava ao fim, Berenice se deu conta de que minha mãe jamais faria as pazes com ela. Explicou-me:

— Quando sua mãe mete uma idéia na cabeça, ninguém pode tirá-la de lá. Ela deve ser a pessoa mais teimosa que conheço.

No fim do verão, Berenice pôs sua casa à venda e vendeu o colar que Marla havia dado para Hannalore. Berenice se mudou para a Galiléia. Queria estar junto do irmão.

Ela me disse antes de eu partir para a universidade:

— Sabe, Alexander, depois desse tempo todo, meu irmão é a única família que me sobrou e eu praticamente não o conheço mais. Espero que seja bondoso comigo. Ele disse que está feliz com a minha ida. Nós nos dávamos muito bem quando éramos crianças, de modo que estou confiante. Sei que todos mudamos na medida em que nos tornamos mais velhos, mas uma parte de nós permanece a mesma. — Fez uma pausa. — Você sabe que meu irmão já tem dois netos? Dá para acreditar, Alexander? Ele não tem nem cinqüenta anos.

Ela me abraçou e me apertou em seus braços como fazia quando eu era criança. Continuou:

— Sempre considerarei você e seus pais como a minha verdadeira família. Eu queria ter dado a você o colar que Marla deu a Hannalore, mas precisei do dinheiro.

Berenice me abraçou novamente e sorriu:

— Serei sempre grata àquela pobre menina. De uma certa forma, acho que ela olha por mim. Que anjo da guarda estranho e maravilhoso!

Finalizou:

— Você vai me visitar um dia, Alexander, vai? Promete? É tão distante, mas talvez você ainda se transforme num viajante como o seu avô. Você poderia, inclusive, escrever um livro.

Mas foi meu pai que se transformou num viajante. Surpreendeu a todos.

No fim do inverno, quando já decorridos nove meses da gravidez imaginária de minha mãe, meu pai me pediu que voltasse para casa no fim de semana. Assim que cheguei, levou-me ao quarto de dormir que sempre dividira com a minha mãe. Suponho que ele me queria como testemunha, como fazia sempre depois de receber alguma importante informação de algum colega, ocasião em que mudava uma bandeirinha colorida com o nome de algum rio antiqüíssimo, de uma margem para a outra.

Disse à minha mãe:

— Sinto muito, Sarah, mas você vai ter de deixar o quarto. Estou saindo de viagem. Você terá de tomar conta de si mesma até a minha volta.

Minha mãe arregalou os olhos para ele. Não olhou para mim. Eu também estava espantado.

— Você vai voltar? — ela perguntou.

— Claro. Só vou ficar fora alguns meses.

Naquela tarde minha mãe se vestiu e desceu as escadas pela primeira vez desde a descoberta da pedra tumular de Hannalore.

Ocupou-se na cozinha, organizando as gavetas e os armários, e pôs em ordem o seu livro de endereços e telefones, há muito negligenciado.

Meu pai planejou um extenso itinerário que incluía uma viagem inicial ao Iraque e às localidades ao longo do Eufrates e do Tigre, obsessões da sua vida adulta. Deu-me uma lista das datas em que esperava estar em cada local. Ia levar o livro do seu avô com ele.

O dr. Aschenbach lhe dissera que o volume lhe fora muito útil durante a sua expedição, e meu pai tinha orgulho disso.

Depois da visita ao Iraque, pretendia viajar para Jerusalém. Disse-me que planejara ir à Galiléia para visitar Berenice.

— Será o objetivo mais importante da minha peregrinação. Até mais importante do que Jerusalém. Anos atrás, quando todos viemos para Windsor, prometi a Cantor que, se alguma coisa acontecesse com ele, eu sempre cuidaria de Berenice. É tempo de cumprir a minha promessa. E se alguma coisa acontecer comigo, você deve me prometer que sempre olhará por sua mãe. Sei que as coisas não têm sido fáceis entre vocês. Seus temores a confundem, mas, apesar de qualquer coisa, ela o ama. Ela é sua mãe.

A morte de meu pai foi tão rápida quanto inesperada. Dois dias depois de chegar a Bagdá, ficou doente. Jamais deixou a capital para visitar algum dos locais da antiguidade do seu itinerário. Na verdade, nunca entendemos muito bem o que aconteceu, mas o dr. Desjarlais nos disse que tinha algo a ver com apêndice supurado. "Se houvesse acontecido aqui, ele ainda estaria vivo."

Depois que o dr. Desjarlais deu vários telefonemas para a embaixada iraquiana em Otawa e outros tantos para várias agências do governo canadense, permitiram que o corpo de meu pai fosse trasladado de avião para ser enterrado em Windsor. "É sempre uma situação complicada quando alguém morre fora do país", dissera o dr. Desjarlais.

Minha mãe andou pela casa toda colocando lençóis sobre os espelhos, do mesmo modo que, me lembro, meu pai fizera quando me disse: "O irmão da sua mãe morreu, seu tio Avner. Você nunca o conheceu. Esteve doente por um longo tempo."

Minha mãe não informou minha avó em Frankfurt da morte de meu pai.

— Que diferença isso fará para a velha bruxa? — disse.

Ela começara a falar comigo de novo. De um modo gradual, mas distante. Mais por necessidade, suponho.

Telefonei para a casa do irmão de Berenice na Galiléia.

Depois de um silêncio longo e abafado, pois certamente chorara, exclamou:

— Oh, Alexander, eu amava tanto o seu pai... e sua mãe vai precisar de você, agora. Seja paciente com ela.

Uma grande multidão se reuniu no Cemitério Sha'arai Rakhamim por ocasião do funeral de meu pai. As pessoas todas me pareciam familiares, embora eu não houvesse olhado muito em volta. Penso ter visto os pais que perderam as duas crianças na estrada de Tecumseh, mas não tenho certeza. Talvez tenha imaginado. Pareceram-me frágeis, muito velhos e cansados para a idade que deveriam ter. Por um canto dos olhos, vi algumas daquelas senhoras idosas que visitavam minha mãe durante o seu confinamento, as mesmas mulheres que se levantavam de suas cadeiras, trocavam palavras amáveis e se despediam sempre que eu e Berenice retornávamos de Belle River.

E a sra. Cook estava lá.

Ela emergiu da multidão.

Aproximou-se de mim e de minha mãe, mas estava tão pesarosa que não conseguia nem falar. Apertou nossas mãos e, enquanto fazia isso, sorriu um sorriso estranho. Olhei para meu peito e vi que a safira pendurada ao pescoço aparecia entre os dois botões superiores da camisa, justamente atrás da minha gravata preta. Por um momento, a gema brilhou no sol da manhã. A sra. Cook estendeu a mão como se fosse tocá-la, mas parou o gesto no meio. Enquanto isso, a safira desaparecia debaixo da minha camisa. Finalmente, disse:

— Marla e eu estamos tão contentes que ela esteja com você. É a pedra certa. Descobri a sua história. Ajudou que boas ações fossem praticadas.

Quando orei junto ao túmulo de meu pai, falei a linguagem dos tempos primordiais. Disse todas as palavras, com suas constelações de letras que uma vez se combinaram, de uma forma ou outra, para criar todas as nossas almas e para criar este mundo que é o nosso lar.

E enquanto eu orava em voz alta, as letras apareciam suspensas na minha frente. Elas se reuniram e se transformaram não somente em meu pai, mas em Cantor, Hannalore, Marla, até mesmo em Berenice, que continuava viva, embora distante, e em minha mãe que me deu a mão enquanto chorava silenciosamente ao meu lado.

Todos os seis apareceram na minha frente como num sonho acordado, como tantos pilares de nuvens e pilares de fogo, para me guiar pelos meus dias e para me guiar pelas minhas noites.

Começaram a se mover, um atrás do outro, mãos nas mãos, numa procissão maravilhosa pelo apinhado Cemitério de Sha'arai Rakhamim. Fogo e nuvem. Nuvem e fogo. Acenavam para mim e uns para os outros. E para aquele lugar que permanece fora do tempo e desta terra, o lugar onde nos reconciliamos conosco mesmos.

E em que outra coisa poderia acreditar então, senão que a Graça de Deus e seu amor estavam unidos dentro de todos eles? E que outra escolha, que outro luxo me restava naquele momento e naquele solo santificado, senão abençoar o santo nome de Deus para sempre?

Agradecimentos

Sou grato à minha editora, Celina Spiegel, por sua sábia orientação e seu espírito generoso, e também à minha maravilhosa agente, Nina Ryan.

Quero também agradecer às seguintes pessoas que, de vários modos, me ajudaram e me encorajaram enquanto escrevia *O Distante Eufrates*: Barbara e Dr. Merton Bernstein, Victor M. DeMattia, Dieter Hall, Mary Jurisson, Shirley Gabis Perle, Henriette Simon Picker, Wendy Ran e Patricia Sado.

Tenho uma dívida especial de gratidão para com minha querida amiga, a romancista e memorialista Laura Furman, que foi inestimável no meu progresso como escritor.

Impresso no Brasil pelo
Sistema Cameron da Divisão Gráfica da
DISTRIBUIDORA RECORD DE SERVIÇOS DE IMPRENSA S.A.
Rua Argentina 171 – Rio de Janeiro, RJ – 20921-380 Tel.: 585-2000